背灵魂回家

曾晓文/著

天津出版传媒集团

百花文艺出版社

图书在版编目（CIP）数据

背灵魂回家 / 曾晓文著. -- 天津：百花文艺出版社, 2017.3
ISBN 978-7-5306-7135-1

Ⅰ.①背… Ⅱ.①曾… Ⅲ.①散文集–中国–当代
Ⅳ.①I267

中国版本图书馆 CIP 数据核字(2017)第 038604 号

选题策划:董兆林　　　　　　　**特约编辑:**王轶冰
责任编辑:刘　洁　　　　　　　**整体设计:**任　彦

出版人:李勃洋
出版发行:百花文艺出版社
地址:天津市和平区西康路 35 号　　**邮编:**300051
电话传真:　+86-22-23332651（发行部）
　　　　　　　+86-22-23332656（总编室）
　　　　　　　+86-22-23332478（邮购部）
主页:http://www.baihuawenyi.com
印刷:天津新华二印刷有限公司
开本:787×1092 毫米　　1/32
字数:129 千字
印张:7.75
版次:2017 年 3 月第 1 版
印次:2017 年 3 月第 1 次印刷
定价:36.00 元

目 录

漫游篇

情感篇

文心篇

- 异域篇

背灵魂回家

属树叶的女子

临来美国前，我给自己买了一条木制的项链，项坠是一枚树叶。同事的女儿见了，十分好奇。她母亲曾给她买过一条类似的项链，只不过项坠是一只羊羔，因为她属羊。她伸出手捧起我的项坠，仰起脸，忽闪着纯净的眼睛，极认真地问我："阿姨，你是属树叶的吗？"

那一瞬我惊得无言以对。喑哑了许久的心弦被她细小的手指轻轻地拨动了，泪水一层一层地淹湿了眼眶。过了许久，我才回答：

"是的，我属树叶。"

初来美国雪城，每当黄昏，我就在冬的苍凉颜色中漫步。雪城是一座安静的小城，有时四周一片寂静，我听得见自己的心跳。在这条名叫RONEY的小街上，行人更少，我成了唯一散步的女人。在散步时，我放纵回忆，任由自己在心底与远隔重洋的友人无声地对话……

有一次加班后,我和几位同事在北京西直门外的一家简陋的餐馆里吃饭。同事说若干年后这里将被拆迁,这家餐馆会被夷为平地,它再也无法作证我们曾为共同的事业殚精竭虑过的事,我们这些声气相投的朋友也会各奔东西,也许只剩下了脑海里记忆呢。

另一位同事说,他无论如何也想不明白,为什么我要放弃喜欢的工作,而执拗地奔向不可知的远方。

我的友人曾给予我一方天地,倘若我是一颗种子,我已生根,发芽,成长,以至枝繁叶茂。他们会精心地促我成长,在我哭泣的时候默默守候。我知道,我们会在许多个共担风雨的日子里,彼此报以无声的微笑,犹如瞬间洒落的繁星,填满来自内心的寂寥。

然而我不是种子,漂泊是我的宿命,我忍心离去,只把留恋的心情印在临别时最末的一个眼神中。立在异国曲折的小路上,幽幽地对友人低吟:

"我哒哒的马蹄是个美丽的错误

我不是归人,我是过客。"

细雨悄悄地弥漫下来了。起初并不知觉,摸摸脸颊,才发现脸是湿的。在冬雨中彷徨,偶尔有一辆车从身边掠过,开车人摇下车窗,打量我这个梳黑色直发,眼神忧郁的女人,然后不解地摇摇头,匆匆离去,只把这一大片宁静留给我独享。心也变得湿润了，仿佛轻泣过，渗透着空落，真希望像那天在北京机场一样，再一次泗泪滂沱……

那天在机场，因为进港的时间迟了，托运完行李后，我匆忙跑到海关通道的入口处，与亲友告别。这时母亲拨开人群，猛地抓住我的手，痛哭失声。

我的母亲，当年在生下我的第二天，就去给蹲牛棚的父亲送饭。她请求当看守的红卫兵给父亲捎一个口信，让父亲给我起一个名字。那红卫兵呵斥辱骂母亲，他说一个反革命分子的女儿是不配有名字的，最后将母亲粗暴地赶走。母亲当时没掉一滴眼泪。即使在后来的若干年里，我们始终在困厄的生活中挣扎，母亲也极少落泪。而当她唯一的女儿远渡重洋时，她却在攒动的人群中痛哭失声。我骇然地僵立着，一股前所未有的感情潮水席卷而来，转瞬化为眼泪簌簌流淌……

当我松开母亲的手，脚下的路倾斜了，周围的人群变得模糊。转过身去，我的背后就长满了眼睛。亲友的每一道凝注的目光都充满磁力，令我每走一步都用尽了平生的力气。

回首，再回首。

我第一次清晰地体验到了扯断我与母亲之间的脐

带的痛楚……

小雨淅沥，伸出手，想把握指缝间的雨滴，思绪随着步伐缓缓踱向远方。

而往事如昨。

假如生活重新开始，也许我会守在母亲身边，早早地生一个小孩，在星期天帮母亲洗衣，做饭，陪母亲逛街、打牌，享受平凡的幸福；也许我会继续做从前的那份工作，划那一方天地为温暖的囚笼，让自己永久地皈依，安宁。

但我毕竟在陌生的国度做了陌生的旅人。一个个熟悉的驿站从我的脑海里掠过：佳木斯，天津，北京。常常是刚刚打开上一次旅途的行囊，又开始打点下一个航程的行装。求学，求职，求生存，求发展，一个"求"字被汗水和泪水浸透了。

隐约中我听到了三毛一嗟三叹的吟唱：

"为什么流浪，流浪远方，流浪，为了梦中的橄榄树，橄榄树……"

雨停风起，草坪上的秋叶开始了冬之舞蹈，把心中的期待舞得淋漓；待风止了，秋叶又悄然落回草坪，留下一声凄美的叹息。我恍然觉得自己将会终生与树叶为伴了。

在生命的七月我就飘离了枝头，顺着小溪，飘入河流，如今又漂入海洋，离开了曾惠赐我滋养的土地。

"为什么我的眼里常含泪水？因为我对这土地爱得深沉。"

在我故乡的土地上，有白桦、绿柳、骄阳、劲松，我希望故乡的树，禁得住风雨的摧折，日益挺拔。当我容颜枯黄时，我会回到树根旁，觅一方绿荫，栖息我不安分的灵魂。

就这样在异国一条空旷的小径上徘徊，任凭冬雨淋湿飘扬的发，任凭寒风刺痛裸露的心。我故乡的树，是否听见我，一个属树叶的女子，心的低雨，心的祈祷……

墓园沉思

　　在美国第一次见到墓园，是有一年圣诞节那天。当时心绪缠结，茫茫然地散步，并无目的。天是微阴的，四周是寂寂的。后来，走到一个岔路口，心竟震了一下，曾经在英美许多诗人笔下读到过的墓园，就静静地卧在眼前了。

　　墓园坐落在一个矮矮的山坡上，山坡上古树参天，落叶覆地。银灰色的墓碑高高低低地默然立着，透出无涯无际的安宁与从容。

　　踏着古老的台阶缓缓进入墓园。揣想脚下的木板已超过百岁的年龄，把脚步放轻，唯恐惊醒沉睡在这里的人们，惊醒他们永恒的酣梦。

　　墓园是一道难以言说的风景。一旦身临其境，心情就如夕阳落海般不由自主地归于平静。相对于死亡的沉凝，生的挫折与躁动就显得太微不足道了。

　　在许多墓碑上都端正地放着圣诞花环，绿枝红花，绿的滴翠，红的如火，给冬季里萧瑟的墓园平添了几分生命的热烈与娇艳。美国人在圣诞期间会把花环挂在临街的门上，祈愿吉祥与幸福；同时又郑重地给亡故的亲人送上同样的花环，寄托虔诚的祝福和深沉的怀念。圣诞花环把生死两界温存地连接起来了。

墓碑上大多刻着夫妇两人的名字，而他们的卒年并不相同。我想是他们的儿女把他们合葬在一起，又重新刻了一块碑。两个人的名字倚偎在一起，就变得生动了，仿佛在讲述他们的爱情故事，或平淡，或浓烈，但这故事一定是他们生命中最不忍舍弃的乐章。

有一块墓碑十分奇特，墓碑的四周刻着白色的树枝，装饰出优雅的格调。中间还有一条树枝，将墓碑分成两半，左边的一半刻着一位先生的名字，而另一半竟赫然空着。

这段空白太耐人寻味了，也许其中隐藏着一段炽热的爱情，有铭心刻骨的伤痛，也有焚心蚀骨的温柔，总之这位先生将一片空白留给自己钟爱的女人。我猜想他是忍受着绝望，又怀抱着希望离开人世的，纵然生不能相守，在另一个世界还会重逢。而那个女人，又是以怎样生死相许的勇气独守这一片空白，挨过尘世的寂寞，在心中留一片永恒的空白给自己的所爱，那个属于另一个世界的人。

我在这块墓碑前伫立了许久,这块墓碑交织着复杂的情感。后来又仔细去看那位先生的生卒年代,原来他英年早逝,离开人世已整整三十年了。

无论生荣死哀,还是默默无闻,在另一个世界,人都平等了,财富、地位失掉了价值,这时人们最无法忍受的是孤独。

孤独比死亡更可怕。

若生时有人相守,孤独便逃遁;而死后有人相伴,孤独就无影无踪,那还有什么可以畏惧的呢?何必再费尽心力,抛舍情感去追逐财富、地位之类的身外之物呢?那终是要被遗弃在墓园之外的,而这世间最平凡,也最永恒的幸福原本就是与自己所爱的人长相厮守。

舍不下的城市

在美国雪城认识了一位年轻的朋友，喜欢听他说话，说地道的北京话。每每这时，我便敏锐地捕捉到属于北京的特有气息。偶尔听得出了神，恍若回到了北京。虽然只一瞬，却勾起万千思绪。我对他讲，我现在想北京的心情，与童年时很像。

那时，我熟悉的一首歌是《北京的金山上》。故乡的冬季漫长而森冷，太阳极少露面，偶尔出现了，也愁惨着苍白的容颜。当我蜷缩在四壁透风的简易房里，我向往北京的太阳，那一定是温暖的，且美轮美奂。记得舅舅去北京出差，给我带回一本看图识字，那是我见到的第一本彩色图画书，书的第一页就是金光闪耀的天安门。小小的心活跃起来了，从此暗淡的生活被这一页璀璨照耀了。这座城市后来成了贯穿我整个少女时代的无可替代的偶像，每当有人提到它的名字，我便会隐隐地激动，仿佛被人说穿了心事。 我想假若我能在这座城市里生活,我就全无遗憾了。

凭着年少追梦,终于梦想成真。这座城市的确温暖,一如我的想象,但我是一个来自北国的雪孩子,我不得不融化了,把自己重塑成一种形状。我在城市的迷宫里徘徊,似乎每一条路径都通向一堵毫无表情的墙壁,我无以自拔。终于在过了一千多个日夜之后,我选择了迢遥的流浪。

我是怎么了,是城市改变了我,还是我改变了自己的梦?

到美国后的第一个春节,自然没有大红灯笼大红春联,清清冷冷。到了初三那天,辗转从朋友手中借到了国内春节联欢晚会的录像带,我竟看得那般如饥似渴。平素许多戏曲节目并不看的,这回一个也不肯错过,只为这是来自北京的声音。喜也喜过了,笑也笑过了,曲终人散,我听见黑暗中有啜泣的声音。

那是我的心。

一场多么红火的晚会,只因山长水阔,我成了迟到的观众,惆怅地守望在热烈的团聚之外。可是我蒙骗不了我的心,我并没有忘却自己曾涉水千里追逐的城市啊!

那一夜,一道旋律一回回从我的心海上滑过,滑过:北京的金山上……童年时,北京被罩上想象的光环,不由自主地向往;而当我真切地触摸过这座城市,接受了城市所给予的丰富滋养,当我把生命的一段青葱岁月留在那里之后,我与城市隔了浩渺的距离,我又无法抗拒城市的魅力。

前些天,亲戚从北京打来电话,说单位把我的住房收回了。电话断了,我还怔怔地举着,耳边只有单调的蜂音,而心如潮水。

曾一直一直以为,自己是一叶风筝,虽然飘离了城市上空的蓝天,但风筝的线还在那城市手中。没有料想到城市彻底放飞了我,我倏然失掉了那种被牵引的充实感,失掉了方向。总觉得自己的灵魂,还有一半栖息在中关村那小小的屋檐下,听春雨,听秋风,还能做不醒的梦。如今物是人非,我才突然清醒,我的的确确是漂泊的旅人了,那一瞬间真的是失魂落魄。

缓缓把电话放下,却无法把心事放下。正如《中华民谣》所唱,"朝花夕拾杯中酒,寂寞的我在风雨之后……时光的背影如此悠悠,往日的岁月又上心头。"

在我眼前蜂涌而来的是白石桥路浓浓的绿荫,我曾骑单车一次次愉快地穿过;是清晨蓟门烟树缭绕的轻雾,我曾在附近的车站上一次次静静等候;叠映而来的还有圆明园苍凉的夕晖,颐和园碧水的波光;扑鼻而来的是印着我文章的北京报刊的油墨的芳香,是小吃胡同里卤煮火烧诱人的气味；耳旁有我在宿舍楼里洗衣时搅起的哗哗水声，而骤然高昂的还是那首《牵挂你的人是我》。

当我在城市留下的最后痕迹消失的时候，我却格外生动格外深切地拥住了关于城市的全部回忆。我失落在茫茫人海的泪珠刹时变得晶莹起来，我辞别了的同事的面容在鳞次栉比的高楼间变得清晰起来。

在这座城市，我曾投注无悔的激情，在柔弱的挣扎之后，在苦涩的成长之后，一一品味逝去的种种细节，便有甘甜泉涌，却又凄然泪下。

就这样，抛不开，舍不下，只好把全部的悬想、惦念、期盼都存在心里。当然，要在心里留出一片辽阔的空间，才容得下这座城市。

记忆的窗纱被撩开了

初到美国的一段日子里，我常常坐在窗前，似乎无所思，又无所不思。骤然间面对一种完全陌生的生活，而不舍的是业已逝去的无比熟悉的生活，在陌生与熟悉的岔路之间，我无法顺畅接轨。每夜我尝试着用各种办法入睡，喝牛奶，数阿拉伯数字，都无济于事，后来只好依赖于安眠药。深夜当我手里拈着一片药，从厨房取了水回来，总是从镜中瞥见日渐憔悴的自己，眼眶上的黑晕一天天蔓延起来，唇瓣干涸得如两道承受日光煎熬的空渠。

我不知道手里的这杯水能否浇灭我的乡愁，换取我一夜不伤悲？

我终于沉入梦谷，那是真正的梦谷，一旦跌入又迷失。我梦见许多亲人和朋友，他们住在不同的城市，彼此并不相识，好像被一位不出场的导演安排过，他们同台演出。我和他们一起爬山，天气忽晴忽雨，而我们一路说笑,全然不去理会。在山上我们发现了一座红墙琉璃顶的深宅大院,庭院中青藤缭绕,落花缤纷,九曲回廊连接着许多间小屋。小屋有的簇新,有的衰颓;有的门窗紧闭,有的半遮半掩,但所有的窗棂上都挂着白色的窗纱。在庭院最深处有一间素朴的小屋,柔和的灯光透过窗纱倾泻出来。我刚想走近,忽然间狂风大作,梦中镜头一转,我已到了另外一座山上,四周静谧异常,我找不到一个亲友了。

醒来后冥想了很久,也许这庭院仿佛我的心,在许多间小屋里储存着记忆,或爱或恨,或喜或忧,外人难以窥见,即便自己,也不会常常检视。欢喜瞻顾装载着温情的小屋,而装载着伤害的小屋,三年五年也不愿不敢触动的。那庭院深处的小屋,我自己也不知道里面究竟藏了些什么。

那些天梦也疲惫,醒也疲惫,我想我必须摆脱药物。我每天上课,看书,做家务,把日子填得满满的,后来果然夜夜无梦。我把和过去生活有关的东西,像日记、相册和信件都封存起来,内心平静得仿佛梦中的庭院。我渐渐熟悉了周围的生活,吃汉堡,喝可乐,听摇滚,还常常在周末出外旅游。

七月我去了费城,还逛了中国城。中国城的入口处有一个琉璃瓦做顶的牌坊,看上去颇像梦中的庭院。当时已接近打烊时分，街上并不喧嚷。就这么静静地走过，一个接一个地读中文的招牌，像刚刚识字一般。不知从哪一家店里传出了熟悉的音乐，我几乎是伴着那音乐长大的，当时就有了几分不知身在何处的恍惚。后来我进了一家卖豆浆的小店，店主是一位和善的中年妇女，她的笑容我似乎在哪里见过。喝第一口豆浆时，仿佛有一股清冽的溪流涌入了空渠。

小时候站在嘈杂的街口喝豆浆，盼望长大后到大城市喝牛奶；后来站在同样嘈杂的大学食堂里喝豆浆，又希望到美国喝果汁；而此刻我在费城的一家中国小店里，那么投入地喝豆浆，不是用口，而是用心在汲取，我想世上最好的饮料莫过于此了。这豆浆分明是用浓郁的乡情酿就的，当我喝第二杯、第三杯时，我是怎样噙着眼泪拼却一醉啊。

我的血管隐隐地膨胀着，心庭掠过东风，我随风重回梦境，绕过青藤，踏过落花，我找到了记忆最深处的小屋。东风猛然叩开了它的门，倏然撩开了它的窗纱，室内灯火通明，我看清了隐藏在那里的一切一切啊。那里弥漫着我故乡新鲜稻草的气息，在每一面纯洁的墙壁上都镌刻着我至爱亲友的影像，他们曾给予我激励和安慰的微笑丰采如昔。

而庭院深深深几许……

节日

　　童年的时候，节日是裹藏着火焰的色彩鲜艳的灯笼，是小小的却震耳欲聋的鞭炮；节日是油墨芬芳的大红春联，是包在红纸里的压岁钱；节日是新棉袄上明丽的花瓣，是辫梢上跳跃的蝴蝶结；节日是分散在各地的亲人风尘仆仆地赶回家，一张张久违的笑脸环绕你的日子；是全家老少围坐在一起兴致勃勃地包饺子，那个吃到饺子里唯一的幸运糖果的人欢喜得大跳大叫的日子。节日里你挨家挨户去给长辈拜年，他们夸你长高了变好看了，你就掩饰不住脸上的羞涩，节日是你一年年忐忑不安，偷偷掰着手指盼望长大的日子。

　　长大后，节日是和同事们一起大叫着甩扑克牌，输家被唇膏涂满了脸而惹你笑得颠三倒四的日子；节日里似乎每天有不散的宴席，听朋友吐露真言听他们不为人知的欢乐与烦恼；节日里有人娶妻有人生子，你在人群攒动的商店里兴奋地为他们抢购礼品。节日是把自己埋在沙发里一集集看电视连续剧，明知作者随意编造还忍不住激动关注的日子；节日是坐两天一夜冰冷的火车你的心还热气腾腾回故乡和父母团圆的日子，是初见那一瞬意味深长的沉默，又是滔滔言语滚滚而出的欢畅。节日是你牵着恋人拜见恩师父老，向他们展示这个你将与之患难与共的人时流露出的隐隐的骄傲；节日是你与年少的同伴笑谈往事，他们既熟悉又陌生的眼神带给你的无言温馨。

如今呢，节日是你在异国的挂历上寻不到任何特殊标记，是校园里来自其他国家的人嬉笑如常唯有你神色特别的日子。节日里一群和你来自同一片土地的人围着电视观看京剧大师一招一式出神入化的表演，倾听那睁开眼合上眼都挥之不去的古老旋律。节日里你从几百里外的纽约唐人街买来作料，精心钻研菜谱做出了你认为最正宗的中国菜，但在举箸那一瞬你又低首踌躇；你把箱底的红缎子旗袍穿上了又换下，镜中那个东方的女子让你茫然得无法言喻；节日里你实在无事可做就在高速公路上开车，你喜欢路边加油站的灯火给你的短促的回家的感觉；节日是你呼吸着收到的贺卡所盛满的故乡的空气，是旧友的只言片语引发出的你的成串回忆；节日是你用颤抖的手指拨通的越洋电话，是你一边悄悄抹去又一边潸潸落下的眼泪。

节日啊，节日……

恍惚人

最近常常出错。在图书馆借书后丢了图书证;做饭时伸手从微波炉里抓滚烫的盘子,摔碎盘子,烫伤了手。开车时不留神冲到了路沿上,划破了后车胎。

旁人就问:你想什么呢? 丢了魂了?

我想什么呢? 我也攒聚起精神拷问自己。

记得小时候,年年春天到江边去看跑冰排。天气一转暖,江上的冰就分解成一块一块硕大的冰排,发出巨大的响声,在强劲的东风推动下,冰排顺流奔涌。过不了几天,所有的冰排都融化了,流向了遥不可知的远方。

仿佛一块冰排,我只能以单纯而坚固的冰的姿态留在过去,把往事封存在白山黑水之间。当我无可挽回地要化成水,我将以怎样的眼神回视我从前的形状,又将以怎样的心情咀嚼我目前的消融呢?

落花有意,流水也有情。

我的思绪渐渐游离于身体,仿佛一束丝,悬在大地与天空之间，而一阵轻风就会将这束丝吹得散乱，让我茫茫然无法收拾。

每当我走在喧嚣的街市，与肤色各异的人擦肩而过，就仿佛进入了上一世纪的默片，我的世界喑哑，只有心在低诉。而心的低诉，有时连自己也不懂。我的神思恍惚，我做不到心游万仞而又真实地拥有自己。

从前在很长一段时间里我能够聚敛起自己的目光，是因为被新世纪的神话诱惑着。十几岁的时候，各种媒介通过不同渠道告诉我，到了新世纪天地就大不一样了。我兴奋地掰着手指数着我到2000年时的年龄，几乎等得焦灼不安了。但我想我不能以苍白的面孔愧对新的世纪，也为了使等待显得不那么漫长，我不懈地以知识的碧草覆盖心灵空旷的土地。

当我从深埋了十几年的书本中抬起头来，面对的却是世纪末的躁狂与荒芜。焦渴的、倨傲的、做作的、委琐的、空洞的眼神灼痛了我，在流淌着欲望的河流中涉行，不敢正视我选择逃避的怯弱。

于是我又把生活定位到陌生至极的远方，期待另一个神话：美国神话。

当彬彬有礼的海关官员在我的签证上画了一个大大的圆圈，证明我已入关时，我想这圆圈也许意味着我变成了一个零。一条新路似乎展现在面前了，实际上我做的仍是几代华人屡做不鲜的旧梦。而在世界的任何一个角落都没有神话。

我不是连着树根的枝，我是枝上的鸟，而且是不会歌唱的鸟。是风雨还是阳光，是悲凄还是欣喜，只有鸟儿自己知晓了。

美国人在教堂里痛心疾首地忏悔之后，又任情任性地游戏，而这里的大多数中国人即便没有"每日三省吾身"也克制谨慎。这全然是两种规则的生存。

我不会在万圣节前兴致盎然地去挑选鬼服，也不热衷于在愚人节和非恋人的异性拍订婚照，让美国人兴奋的东西不会使我激动，那么曾使我兴奋的一切呢？过春节时穿上那件浅紫地儿撒小白碎花的棉袄，或者中秋节千里迢迢赶回家吃属于我的那四分之一月饼。旧日伸手可及的欢喜，仿佛住在大河对岸的恋人，没有舟楫的我如今竟无缘接近了。

因为有所失才会有所思，才会思无边际。

城市里的中国人聚会的时候，我遇见了一些人，交谈中他们要掺杂一半英语，许多词他们已经不知道用汉语怎么讲了，或者说不习惯用汉语讲了。但另一方面，他们又喜欢使用一些国内某个年代的流行用语，这些词在国内已不常用。我根据某一个人常用的口头语几乎可以判断他是哪一年出国的。他们语言的记忆就停留在那一瞬,所以对当时的流行语记忆格外犹新。

我们一边感受美国文化,一边又守护着中国文化。我们的精神仿佛悬在秋千上,在两种文化之间悠来悠去,免不了眩晕恍惚。

中国人圈子里中文的杂志就那么几本,录像带就那么几盘,转来转去,直到把杂志翻碎了,把录像带磨损得模糊了,这时才发现我们所能接受的文化已然少得可怜了。每当见到只能讲几句中文的孩子,我就禁不住产生许多联想。生活在两种文化的边缘,在我们这些人身上,中国文化丢失了许多,但丢失尚意味着曾经拥有过,曾了解过庄周梦蝶,蝶梦庄周的境界,"居庙堂之高则忧其民,处江湖之远则忧其君"的忠诚,"采菊东篱下,悠然见南山"的淡泊。而对于我们的下一代,中国文化则意味着一片赫然的空白,那么我们的守护就不免染上了凄怆与哀婉吗?

我早晨走出家门,开美国车,上美国学校,和美国人交谈;晚上关起家门,吃中国饭,说中国话,听中国歌曲。生活变成了截然不同的两部分,人奔波于频繁的衔接之间,有时会混淆白天与黑夜,甚至混淆梦境与真实。

到美国之后我还没做过和现实有关的梦,在梦中,时光完全流转到了从前。我以另外一种方式,与我所真正经历不同的方式又生活了一次。仿佛现代主义的小说，一堆素材被作家洗扑克牌一样混在一起，然后随意抽出几张，安排一种结局，醒来却被这种结局吸引。就这样梦也迷惑，醒也迷惑。和朋友谈起梦，他们讲他们的梦几乎都缠绕着过去。

现在才真正体会到"梦里不知身是客"的含义。

几乎每一个人在登上来美的飞机时都对自己的亲人说，我会很快回来看你们的。有一个朋友几次想回去探亲都没有回成，假期里要么做研究，要么打工，要么孩子生了病，孩子八岁了还没见过爷爷奶奶。一句诺言就蹉跎了十年。

类似的故事一次次让我黯然，一次次无法直面现实。有时索性放任自己的恍惚，看云，看天，直到把自己看淡了，融入了天，融入了云，思绪愈发不可追。

十九世纪俄国作家笔下有一系列"多余人"，本世纪中国作家笔下有"零余人"，西方现代主义作家笔下有"局外人"。如我这样，消泯了心中的神话，在双重生活中辗转，遗失了文化，模糊了个性，我只能是"恍惚人"了。

是我恍惚了生活，还是生活恍惚了我？

图书证丢了，补办一个；盘子碎了，车胎坏了，买新的；那么心神呢？我知道心神是无处更换的。我接受着，同时又遗忘着，在接受与遗忘之间我扪心自问：

你究竟想什么呢？

拥有一个春节

在一夜的辗转反侧之后，我出了家门。踏着薄雪，只想在早晨的凛冽中，走走。四周不见人影，游泳池的脸也被蒙盖着。几叶草还留有残绿，慢慢地吮着清雪。最后立在了一个山坡上，脚下就是这座自己生活了三年的雪城了。时常有汽车从眼前滑过，每一辆都开得斯文而安静。不远处的几家超级市场门庭冷落，从感恩节持续到圣诞节的购物热潮已经退下去了。家家户户都把门口的圣诞树、彩灯和花环收了起来，恢复了原有的黯然。

就在这一片安静与黯然中，春节站在了我背后。没有红装重彩，没有歌乐陪伴，她是素朴地、无声地走过来的，像一位特别的客人，只轻轻叩访等待她的人。春节气息在我的颈旁缭绕来，缭绕去。清雪在草上化成了泪珠，太阳缓缓地踱上天庭。昨夜我给家里打了电话。我没有流泪，甚至还做到了谈笑自如。悲悲喜喜，被我描述得云淡风轻，而春节，被我在有意无意间一语带过。

对于每一个学者，一个越洋电话，就意味着拥有一个春节。许多人节衣缩食，或者在圣诞夜、元旦夜还出外做工，只为了赚一点儿钱，多打几次越洋电话。虽然只是聊聊生活中的琐事，只是传达一两声问候，却有无限感怀，无限安慰。

几天后我去纽约的唐人街，我不曾刻意寻访，却一次次和春节不期而遇。在银行拥挤的人群中，我从人们手中的汇款单上，看到了中国的龙船花灯，听到了南江北河的涛声，嗅到了迎春花的气息。

这里的人们在一年三百六十多个日子里，在中餐馆的油里水里辛苦忙碌，在制衣厂的机器轰隆声中埋头劳作。对于他们，所有的日子都是相似的，他们内心郁结的乡愁等待着一场释放，累积的亲情渴望一次表达。

一位三十几年前移居美国的广东女士，虽然在故乡台山已没有亲戚了，但还是和自己的兄妹凑了一千五百元给故乡寄去，因为他们总觉得在台山还有一个家。寄回故乡的每一张汇款单，包含的不只是对亲人的体恤和报答，还有思念，经年累月丝毫不减的思念。

在电视电话中心，人们有机会和自己的亲人面对面地交谈，一个六年前非法来美的男人在屏幕上见到八旬的老母、妻子和儿女，忍不住热泪盈眶。亲人的音容已改，而自己的归途渺茫。对于远在天涯的人，一个家字所包含的意义是用生命的分分秒秒去感受的,而一个团圆的节日是在反反复复的梦境中被体味的。

因为一生的飘泊就注定了一生的热爱。

游子们也许在远离时没有怀揣一把故乡的泥土,但哪一个人不曾在梦中几回回漫步在故乡的土地?也许没有在节日里张灯结彩,但哪一个人的记忆中不曾有故乡的灯火璀璨?

我相信在世界的任何一个角落,只要那里有一个华人,就会有一个春节。

异国说孤独

孤独是写过的,在多年以前,自然是"为赋新词强说愁"。确有过很多孤单的日子,甚至在童年,但那时所感受的似乎并不是孤独,更多的是对独处的恐惧。而在大学校园里所标榜的孤独,不过是因为多读了几本名著而不肯掩饰的清高罢了。

后来就到了美国。所有的故事似乎都要从到了美国的那一天开始写起。从那一天起心脏的跳动就换了一种节奏,一种有时让人欢喜,有时又让人窒息的新的节奏。

想想在美国雪城六年的生活,说起来是非常简单,忙碌生存而已。这种忙碌生存使我少了许多浮云愁绪,而我的失眠症也不治而愈。孤独似乎变成了等在琴弦上的音符,不去弹拨,也就永远不会有旋律了。

快要离开雪城前的一个周五晚上,我下了班开车回家。回家的路走过了几百遍,出了停车场转上高速公路,从第三个出口出来，半睡半醒也可以开到家了。但因为那天有工人在修路，就只好拐到了一条小路上，又因为天黑和下雨，看不清路，莫名其妙地转到了一条陌生的路上。明知是背道而驰了，只好硬着头皮开下去，不知不觉就到了市中心。

我熟悉这座城市的许多条路，去过周围的许多个风景区，有的风景区甚至还去过四五回，唯独没有在市中心流连过。每次开车路过为了避开这里的没完没了的交通灯，都是选择高速公路；因为停车不方便，也从来不在街道狭窄的市中心购物。没想到在这座无比熟悉的城市里居然有这么一片陌生的地区，而最不可思议的是我工作的公司就在市中心，我居然从来没有在公司附近的街街巷巷逗留过。

我在市中心迷了路。几次险些闯上单行线，和迎面而来的汽车对撞，只好临时猛然转变方向，引得背后的车连连鸣笛。

后来就到了一条安静的街上。看看背后没有车，我放慢了自己的车速。雨还在不经意地飘着，路是湿漉漉的，灯也是湿漉漉的。街两旁的几家小小的工艺品店已经关了门，只有橱窗里的灯还亮着，映着几件印第安人的风格朴拙的瓦罐和木雕。有两三家小酒吧还开着门，从外面可以看到寥寥的几个人影，从其中一家小酒吧里传出来了用萨克斯管演奏的舒缓而忧郁的音乐。

在那一瞬间所有的建筑和街道都变成了背景,流转的空气,漂浮的雨,弥漫的灯光,和行驶的车辆合成了一种旋律,而这种旋律的产生,只是为了烘托从我心底不可抑制地升起来的,刹那间盈满全身的感觉。

那是孤独。

在熟悉的城市里迷失,而即将走向另一座陌生的城市,但对陌生的恐惧还不会完全导致孤独;所爱的人远在天涯,父母在更远的天涯,但独处并不意味着孤独。在那一瞬间使我最不堪承受的事实是无人知道我的迷失,无人知道我在这样一个平平常常的傍晚弹拨了所有的那些在琴弦上的等了多年的孤独的音符。

我为什么要刻意去寻回家的路?在异国的几千个日夜里,我都迷失着,而连我自己都不能了解我的迷失。

我的车在城市里缓慢地流动,我的旋律在岁月里缓慢地流动。

雪城以那个湿润的傍晚为我的心灵演出提供了舞台,而孤独是我最初的也是最终的告白。

静屋

失业的感觉有些像失恋。起初是愤怒,烦躁,然后是悲悲戚戚,自怨自艾,最后就是无所适从,心灰意冷了。

失业后就从繁华喧嚷的波士顿搬到了德克萨斯州南部的一座小城。一条高速公路从小城穿过,路两旁有一家购物中心,三家医院,几处居民区,和几个加油站。小城是简单的,一览无余;小城是素朴的,不施粉黛。这种简单和素朴正好吻合我的向往。

我无法整天待在自己狭小的家里,因为那样我会像一个旧式的被情人抛弃的女人,在自怜的深井中无休无止地醉饮失意的眼泪。

于是每日开车,从城南到城北,再从城北到城南,并无目的。只是渴望看到天空和道路。可是骄阳似火,只有到了德州才知道,太阳也会咬人。

我需要躲避,躲避太阳,和随时随刻都会与太阳一起升温的躁狂。

后来有一天，我开车迷路了，转进了一个大停车场去倒车，猛然发现市立图书馆近在眼前，就停车走了进去。

图书馆里非常宽阔，安静，凉爽，和外面的世界迥然不同。我在一排排书架中间踱行，像一个第一次进入图书馆的中学生，好奇而兴奋。很久没有进图书馆了，也许因为习惯了上网阅读，也许因为过去每天忙于工作，没有闲暇。现在却有了足够的时间，我可以放慢脚步，不必为赶写论文而紧张地查询某一本书，也不必为应付工作而埋头攻读，只享受流览的快乐。我可以读海明威，翻时装杂志，也可以读童话，翻当地报纸。

我只为阅读而阅读，没有目标，没有压力。觉得自己很像一个没落的贵族，虽然生存窘迫，却不能放弃精神上的奢侈。

在图书馆顶层的东侧有一个房间，名叫静屋，是专供读者休息的。屋子很宽敞，里面空无一人。三面都有落地的玻璃窗，窗外是晴朗无比的天空。在软软的淡灰色的地毯上，摆着几个米色的沙发，和同样颜色的茶几，茶几上并没有任何书。如果说图书馆是安静悠闲的，那么这间静屋是静中之静，闲中之闲。

我仰靠到沙发上，合上眼，这一片闲静就属于我了。

挣扎和苦闷都在窗外，失意和落寞也在窗外。

而我半睡半醒。

此刻我最大的快乐不是阅读，而是静思。

时间一小时一小时地流过。听自己的心跳，把过去的生活选择在脑海中一遍遍地翻阅。像一个因失去爱情而寻寻觅觅的女人，在无数次地苛刻地检省自己的同时，又艰难地一点一滴地重拾自信。

可我为什么要一味地抱怨生活薄待自己呢？何必这样的失魂落魄？一份职业能证明一个人多少价值呢？失业能改变我什么？原来拥有的学识、素质和气质，现在依然拥有，而我的梦想还在。

在这段失业的日子里，我常常去静屋。多年来生活得紧张而疲惫，现在可以放任自己，让自己的心在一道自由清新的意念山谷中无牵无挂地滑翔。每次当我离开静屋，重新置身于现实之中，就多了几分勇气。因为我心中多了一间远离悲哀、无意于成败的静屋。

从来没有人会被生活所抛弃，除非我抛弃自己。

失业不是生活的尽头，这只是两段乐章之间的休止，只是两场戏之间的落幕换景。

原本这一切，都是生活在导演啊。激扬与沉静，都是为了让我感受；高潮与低落，都是为了让我有淋漓地演出；甚至这休止与落幕，也只是为了给我的奔波一次停顿，给我浮躁的心一个沉思的片断。

而人生的音乐和戏剧还会继续……

随着春天迁徙

来美国若干年了，英语自然学了很多，但似乎只真正懂得了一个词：Immigration（移居）。以几千个日日夜夜的时间理解一个词，如果不是我太迟钝，就是这个词的含义太深奥了。

移，意味着没有根的支撑；移，意味着无所攀附；由此生命就不可能是一幅绵绵延延的布满家舍炊烟的画轴，而是一段段留在驿站墙壁上无人能懂的孤独文字。

迁移漂泊是不是一种毒，染上了，就难以戒弃？

早已习惯了不在新年夜订一个新年计划。多年前在踏上了漂泊之途时，就已经把自己交给了未知。又何必去筹划、去准备人生呢？再精密的筹划，再细心的准备，都抵不过红尘的一场戏弄。

所以索性放任自己的漂泊。

德克萨斯南端的海滨城市有一条漫长而美丽的海岸，海岸上长着仪态万方的棕榈树，让人很容易忘却这个"孤星州"的大多数地方的干燥与荒芜。一月,当美国东海岸的暴风雪依然铺天盖地的时候,在这里春天已经伴着棕榈的舞姿飘然而来了。

似乎有些措手不及似的,急忙把自己薄薄的五颜六色的毛衣都找出来穿了。

春天,总是令人渴望恢复美丽。

春风仿佛是久别重逢的情人,一味地温存。终于在春风里流下了暖暖的眼泪,在经历了冬的严酷之后。

生命似乎是受伤与复原无休止的循环。受伤是无奈地接受命运的惩处,而复原,并不是因为血气方刚,而是因为游子的韧性和对生命与自由无法更改的热爱。

当我在这城市的海岸,把从前的迁移之苦装入一个漂流瓶,送进了大海,我惊讶于自己又一身轻松地准备下一次的迁移。

二月,我搬到了德州南部一个安静的小城,这里的春天稍晚一步。于是又红红绿绿地装扮一番,再享受一回早春来临的喜悦。

每一座城市都有每一座城市的春天,关键在于我以什么样的心情感受;

每一种人生都有每一种人生的美丽,关键在于我从哪一个角度欣赏。

三月的时候,我可能就在德州北部的一座城市了,而那里的春天是从三月开始。在四月,我会不会在美国的中部,在一望无际的草场中间追逐春的气息？到了五月,我也许又回到东海岸,去倾听大西洋的春潮了。

我原来是随着春天迁徙的啊。

漂泊也有漂泊的快乐。我可以追随春的脚步,可以在记忆中留住每一座城市最风采照人的瞬间。

谁说游子的眼泪总是又苦又咸的呢?春风中的眼泪也可以是甘甜如清泉的。

随着春天迁徙,难道不是随着生命中自由的车轮,随着永不泯灭的梦想迁徙吗?

别了,美国

如果生活允许重写自己的历史,我还会来美国吗?

在休斯敦国际机场的美国航空公司的柜台前取飞机票时,我在心里问自己。

我还会的。

为什么?

因为美国梦,是滚滚红尘中难以抗拒的诱惑。

还因为,生活在远方。

总以为真正的一艘理想的白帆船在天涯,不料一寻便是九年。

也许在潜意识中我把这次远行当作一场普普通通的州际旅行,我习惯性地把驾照递给了航空公司的工作人员,一位皮肤白皙,有着满头银发的女人。

"我可以看看你的护照吗?"女人彬彬有礼地问。

这时我才惊觉过来,想起面临的是跨国旅行了。

很快就托运好了行李,茫茫然地走到了机场大厅的中央，手里攥着护照，还有一张单程机票。

德克萨斯八月的阳光从美丽的印花落地窗涌进来，温暖着我的脸颊。

就这样，在美利坚的太阳下，如一滴露水，做了一回不留痕的过客吗？

当飞机慢慢地张开了翅膀，离开了地面，我的心一沉。几千个日日夜夜里构筑的梦想，就如海滩上的沙堡，随风而去了吗？

也许自己恪守了多年的不过是一个被几代海外华人不厌重复的，古老的衣锦还乡的梦想。

也许在自己的梦想中多了一点点文人的情怀，就是"读万卷书，行万里路"。

我慢慢地翻开了自己的护照。护照还是九年前从中国入境美国用的那一本，只不过照片上的那个年轻的眼神明亮的女人于我已然陌生。

九年中，长发变短，明眸转向黯淡，而青春走远。年少时飞扬的梦想已经云散，只留下一颗静看沉浮成败的平常心。

一张入境卡、三张签证和护照订在了一起。那张入境卡还是当年我在由北京飞往底特律的飞机上填写的。

刚进入底特律机场的那一瞬间的印象，虽已属于上一世纪了，依然从记忆的深处顽强地浮了出来。灯火通明的大厅，别有风情的酒吧，激情洋溢的爵士乐，还有咖啡的芬芳，把一个美国梦霎时糅合得有声有色，味道诱人。

我在入境卡上留下的英文字迹还是歪歪扭扭的。因为读书时学了多年的俄语，到美国时对英语的全部知识只限于二十六个字母。

后来呢，就从Fortune Cookie（签语饼）上开始学英语。在中餐馆打工的日子里，每天十二三个小时不停地劳动，很少有时间读英文书。只是在收拾桌子时，常常从脏乱的碗盘中间捡出客人丢下的签语饼中的那张窄窄的签语条，读上面的英文句子。遇到不认识的单词，如果不是很忙的时候，甚至还有把随身带的小小的金字典拿出来查一下的奢侈。

签语饼大概是美国的中餐馆文化的代表之一了，虽然滋味一般，但裹在其中的签语条却别有特色。绝大多数的签语条上的语句都充满着美好祝愿和哲理感悟，无意中给筋骨疲惫、日渐麻木的我一些心灵的安慰和触动。至今还记得多年前在一张签语条上读到的话：

"He who has not tasted the bitter does not under-stand the sweet."（没有尝过苦涩的人就不懂得甜蜜。）

慢慢地与周围的世界有了沟通,当护照里多了一张学生签证,似乎觉得签语饼给自己带来了一些好运。

　　后来知道生活并不总是先苦后甜,而常常是同时间五味俱全。

　　飞机完全进入了静谧的天空,投入了云的怀抱。天空如此蔚蓝,不夹一丝杂色,而雪白的云团柔软得似乎伸手一触,便会消失。很久没有留意过天空和云彩了,自己的注意力一直被地面上的事物环绕着,被衣食住行牵制着,而心胸就少了天空的辽阔,和云的自由。

　　几年前参加毕业典礼的时候,天空也是这样的蔚蓝,云也是这样的洁白。那是五月里怎样的一个风和日丽的日子啊,让人想歌唱、舞蹈,想拥抱校园里的每一幢建筑,每一棵树木。

　　在两年中,同时打四份工,选三门课,每天披星戴月,辛苦奔波,终于得到了手里的这张浸透着汗水的硕士学历证书,还有一张工作签证。

　　"是什么给你们这些中国学生动力,使你们不停地向自己的体力和智力的极限挑战?"在毕业典礼之后的庆祝会上,我的一位美国教授问我。

　　"也许是美国梦吧,"我说,"对于我,还要加一个信念,就是永不堕落。"

一扇美国生活的门似乎向我敞开了。

那一刻我与梦想如此贴近。

那么后来为什么离梦想越来越远，直到今天，索性"挥一挥衣袖，不带走一片云彩"？

飞机飞得很慢，在芝加哥着陆时比预计的时间晚了一个小时。难道是因为载了一颗沉重的心吗？

我要搭乘的飞机已经起飞，只好换下一班了，这样便在芝加哥多逗留两个小时。

是不是命运特地安排的呢？让我再多两个小时的时间，考虑去与留？

如果此刻改变主意，还来得及，还可以换一张飞机票，继续我在美国的飘泊。

多少人为了偷渡来到这个梦中的天堂，把命丢进了大西洋、太平洋，丢在了雪山上、荒野中、卡车里、轮船上……又有多少人为了留在这个梦中的天堂，绞尽脑汁，变换手段，甚至出卖肉体，出卖灵魂……

这世间有比生命和灵魂更可贵的东西吗？

去，是心碎而去；留，却又无法安宁。

在机场里踱来踱去，走过咖啡屋、酒吧、快餐店、书店，最后停在了花店门前。

在万花丛中，红玫瑰鲜艳欲滴。

我也曾种过玫瑰，不过只种了一支，在我作为老板之一开起来的餐馆门口的花坛里。餐馆是在德克萨斯州，所以开张前种花的时候特地选了一些不怕日晒的品种。

不妨也买一支玫瑰吧，看到花圃里的一支玫瑰开得娇艳，我想，也许活不久，但是美丽的东西总是让人渴望拥有，哪怕是瞬间拥有。

后来围绕餐馆出了很多故事，无非是分裂，竞争，报复，结果自然是关门。这样的故事每天在美国的中餐馆里都在上演，早就看得多了，只是当发生在自己身上，当自己长期的辛苦劳动瞬间付之东流，情感上实在有些难以接受。

所以每次开车路过都要刻意绕路。

直到前两天再次路过时，终于把车停在了它的门口。我无需走到窗前，也记得自己刷的墙围的颜色，铺的地砖的花纹，也记得当年辉煌的灯火，和满座的客人。

而现在餐馆里早已空空荡荡，餐馆外荒草丛生。

但在门口的花坛里，在杂草中间，我种下的那支玫瑰依然怒放着，诉说着生命的热烈和执着，还有无法更改的美丽。

原来美丽的东西不一定脆弱。

原来每一次耕种都会有收获，哪怕是一次失败的耕种也是这样。

只要心灵之花还在开放,生命就不曾寂寞。

飞机从芝加哥起飞时,剩下的旅程已经很短。

云又立在窗前,纯净,无言。

羡慕云的自由,但是像云一样地飘浮,难道不是生命中不可承受之轻吗?

无需再拿出护照,也可以清晰地记起那张由波士顿的一家高科技公司替我申请的签证,记起公司正式宣布倒闭的那个阴郁的、使自己重新飘泊的日子。

那天离开公司之后去坐地铁,地铁里照例是人群拥挤,进了车厢之后只好站在了中央。后来地铁在行驶中突然停了下来,车厢里变得一片漆黑。

过了一会儿,司机通知旅客不要惊慌,停车是暂时的,因为有个男人卧轨自杀了。

"我今天刚丢了工作,但不管怎么样,我还是爱我的生命。"站在我背后的一个男人说。

"我也是,海明威说过,太阳照常升起。"我说,但并没有回头。

"我想这个卧轨的家伙也很有可能今天刚刚失业。"

"即便他有千百个理由,放弃生命都不是明智的选择。"

"不过有时活着真的很辛苦。"

"那就换个地方,换一种活法。"

火车又开动起来了,但是我的身体一路上微微发抖,因为火车从一个绝望的男人尚还温热的血上碾过。

可后来,"911"那个更阴郁的日子,那个让整个世界震惊和心碎的日子,我的小小失意霎时就变得无足轻重起来。

因为在绝望的时候没有放任自己的绝望,才有机会再欣赏这样晴和的天空和白云。幸存下来的不只是身体,更重要的还有灵魂,一颗永远看重辛勤的劳动,真诚的热爱,和精神自由的灵魂。

我一次次告诉自己:"Sometimes you have to be bigger than life."(有时候你必须比生活还要博大。)

飞机慢慢地贴近地面,璀璨的万家灯火已渐渐明晰起来了。

我终于到达了本次旅行的目的地:多伦多。

入境时,我把护照递给了移民官,一位戴眼镜的黑皮肤的女人。她在我的印着枫叶图案的签证上画了个圈,微笑着说:

"你几乎等到了签证过期的最后一分钟才登陆。"

"大概是因为我到了最后一分钟才明白,每一片土地上的春风都暖人。"

她把护照还给了我，以柔和的低音对我说："欢迎你到加拿大。"

"谢谢！"我说。

于是我很快推着行李，通过了海关，向机场大厅的门走去。当时已经是晚上九点多了，坐同次班机的旅客早都散去了，海关通道上静悄悄的。

在那一刻我发现自己在美国九年的生活浓缩成了三只旅行箱，两行泪，和一页简历。

潮水般的记忆突然决堤而来，所有的惊喜、愉悦、辛苦、委屈、和失落同时涌到心头。悲欢离合竟是生命中最婉转低回，最挥之不去的音乐……

如果生活允许重写自己的人生历史，我还会离开美国吗？

我还会的。

为什么？

因为梦会醒，戏会落幕，红尘中的诱惑会失掉魔力。

还因为，生命对于我，早已不再是一次旅行，而是一场漫游。

在我推开机场大厅大门的那一瞬间，我想起了Alexander Graham Bell（亚历山大·格雷厄姆·贝尔）说过的：

"When one door closes another door opens; but we so often look so long and so regretfully upon the closed door, that we do not see the ones which open for us."

（一扇门关闭，另一扇门敞开；但我们总是长时间地悔恨万分地注视那扇关闭了的门，以至于看不到那些向我们敞开的门。）

那位戴眼镜的女移民官以柔和的低音对我说："欢迎你到加拿大。"

一扇新的门向我敞开了。

而我已经泪流满面。

我没有料到门外是被铁栅栏隔开的一条清晰的通道，而栏杆后面站满了接下一班飞机的人。他们大概是被我开门的声音吸引了注意力，所有的目光都集中到了我的身上。

嘈杂的人群霎时静了下来。

谁人知我流泪的缘由？

那是多么漫长的一条通道。忧伤、窘迫、绝望、希望……千百种感受都化成了眼泪的滴滴咸涩。

我不可以回头。即使回头，我也再见不到纽约上州的青山，马萨诸塞的白帆，和德克萨斯的艳阳了。

我只在心里低声说："别了，America！"

第二杯咖啡

搬到多伦多的第二天，在市中心的街上走得累了，渴了，就随意进了一间咖啡屋。买了一杯咖啡之后，拣了一张沙发坐了下来。

咖啡屋里铺着墨绿的地毯，装着光线柔和的壁灯，闲闲地摆着一些小小的圆木桌，和颜色搭配的椅子，还有便是几圈褐红色的舒适的沙发了。

咖啡屋名叫"Second Cup（第二杯）"。卖咖啡的小姐告诉我，在这里第二杯咖啡是免费的。这自然是一种商业策略了，免费总是受人欢迎。

因为不是一个很嗜好咖啡的人，平素很少有喝完一杯的时候。但是那一天因为渴了，很快喝完了杯中的咖啡，还不知其味。

把人埋在了沙发里，似乎对几年来的奔波都做了一个了结。难得偷来半日闲，何必起身匆匆赶路？

于是就要了第二杯咖啡。

喝第二杯的时候,才真正品出了咖啡的滋味。咖啡本身是苦的,但是恰到好处地调入一点点糖的甜蜜,一点点牛奶的滑润,便把咖啡的香气推到了极致。

——就仿佛生活。

单纯的甜与苦都是乏味的,甜与苦的中和才让人有悠长的回味。

生活中的许多事情到了回味的时候滋味就变得特别了起来,像喝第二杯咖啡,比如爱情、友谊、比如成功、失意,甚至苦难。

而我多年来习惯了开快车,吃快餐,喝矿泉水,从没有学会去享受第二杯咖啡——生活的慷慨给予。

坐在多伦多街头的名叫“Second Cup”(第二杯)的咖啡屋,回想自己在美国多年的生活,似乎酸甜苦辣都融入了这第二杯咖啡,心里突然生出许多感激来……

感激生活使我的经历并不乏味,感激生活让我有机会把万千滋味细细回味。

由此我还庆幸自己,并没有因为苦涩而变得凌厉,也没有因为酸楚而变得抑郁。

咖啡屋窗外是穿着随意、步履匆匆的行人;窗内是神态悠闲、读书看报的咖啡客。一扇窗,似乎隔出了两个世界:奔波生计和品味人生。

永远地奔波,生活便不免过于机械;长久地品,又容易陷入空幻的楼阁。

也许人生音乐的妙处便在于高与低，急与缓，热情与冷静的交替。

也许人在以平淡的矿泉水满足基本需求之后，还要体验咖啡的香郁和浓烈。

从此，我会常常在疲惫的时候停下脚步，停留在一家咖啡屋，只为了让记忆活跃，为了让沉淀了的生活的滋味再清爽、再丰富起来。

那一刻我突然明白了，为什么咖啡屋里的客人都迟迟不愿离去了……

停留一分钟

在冬季，多伦多的白天很短。早晨上班时，天还是灰蒙蒙的。一直不能习惯早起，常常差五分八点到了公司楼门口，还没完全清醒过来。这时，总要在楼对面的街角处站一会儿，因为那里有三家小小的画廊。

画廊还没开门，灯却是亮着的。在过去的两年里，这三家画廊改了几次名字，想必店主也换过。平素很少见到顾客，生意有些惨淡。可不管怎么样，店主们不约而同地通宵开着灯，使来往行人可以透过落地玻璃窗看清里面的画。

画的种类多样，油画、水彩，还有素描……画家们来自不同国家，他们的作品使画廊充满多元文化的气息。紧挨的两幅画，一幅有西方的躁动，另一副却有东方的凝重，而"写实"和"抽象"遥相呼应，就更不足为奇了。一向仰慕画家，因为表达同样一个意念，作家可能要动用连篇累牍的文字，而画家只需简单的线条和几点色彩。

我在画廊门口停留一分钟，看几幅画，当然不能徘徊太久，否则上班会迟到。在寒风中穿行，画廊却流溢出不可言喻的温暖。观察、思考、感悟，似乎都在一分钟之内完成，然后就有了足够的勇气，迎接一个枯燥的白天。把人从日常生活的机械状态中提升出来，这便是艺术的魅力吧。

　　岂止对艺术，对生活中所有细微的美好，难道我们不应该让自己停留一分钟，去领略、去品味吗？

晚安，我的朋友

傍晚，冬雨淅沥。上了501路街车，坐到第二排座位上，想立刻闭目养神，却被司机报站名的声音吸引了注意力。他不是把站名说出来，而是唱出来。如果到了可以转车的某一站，他就唱出另一条路线的名字。司机是位年轻黑人，底气十足，声音浑厚。旅客们都被他的歌唱逗笑了，纷纷开始和他搭话。他有问必答，声调欢悦。车上的气氛十分活跃，让人几乎忘记车外的凄风寒雨。

司机名叫多米尼克。当我问他为什么总这么开心时，他的回答非常简单："因为生活是完美的！"

平素在其他街车上，旅客下车，几乎都不和司机打招呼。可是在多米尼克的车上，每位旅客都忘不了说声谢谢。多米尼克就不停地唱"不客气"，并且还要补充一句："晚安，我的朋友！"令我印象最深的是一位五十出头的女人，她在下车前用纯正的歌剧腔调也唱了一句："晚安，我的朋友！"旅客们为她鼓掌了。她在移民加拿大之前,大概是莫斯科歌剧院的演员吧。

　　该下车了,我自然也要对多米尼克说谢谢。不仅因为他富有感染力的声音,还因为他的开朗和乐观。他把陌生的旅客看作朋友,对他们微笑,嘱咐他们一路走好。当我抱怨人心冷漠时,我是否像他一样,首先传达过热情呢? 我似乎还从来没有在某一瞬间说过,生活是完美的。我为什么对生活中的遗憾执意不肯忘怀,而不能有完美心情呢?

伊卡洛斯的翅膀

伊卡洛斯是古希腊神话中的人物，其父代达洛斯是有名的巧匠。代达洛斯用羽毛做了两对翅膀，并用蜡把翅膀分别粘在了自己和伊卡洛斯的身上，父子俩开始尝试飞翔。他们果然飞起来了，远离了地面，很快升上天空。代达洛斯担心会有危险，一再告诫伊卡洛斯不要飞得太高。

天空一碧如洗，太阳明媚动人，年轻气盛的伊卡洛斯无法抗拒太阳的诱惑。他越飞越高，逐渐接近了太阳。他以为自己是自由的，安全的，但没有料到太阳的高温使蜡融化，使他的翅膀脱离了身体，他霎时坠落在地，摔得粉身碎骨。

假的翅膀毕竟无法承受生命的重量。

当我在多伦多平实的街道上默默行走，当我置身于来自世界各个角落的、日日夜夜为生存奔波的人们中间，我偶尔会仰望天空和太阳，会想起伊卡洛斯，想起从前的追逐太阳的日子。

从前的自己,有些像伊卡洛斯,而成功曾是我向往无限接近的太阳。当我摔到了地面上,虽然摔得很痛,但我比伊卡洛斯幸运,因为我依然有健康的四肢和心脏。

只有经历过碎裂,才会懂得珍惜完整。

从我身体上脱落的不仅仅是假的翅膀,还有虚荣的行囊。我不在意空中的人们对我的俯视,甚至也不介意被他们称作"失败者"。他们金色的翅膀在晴空下多么的耀眼,可是我对飞翔的生活不再向往。

我失去了天空,却拥有了土地。

当我的脊背贴着承受过许多沧桑变迁的土地,我感觉到了它的厚重和坚实;当我的面孔贴着滋养万物的土地,我嗅到了它清新纯朴的气息。当我匍匐爬起,开始行走,我的内心竟然前所未有地充实起来。

我开始喜欢自己的无梦想、无翅膀的生活。

梦想,仿佛羽毛,是被雄心的蜡连在了伊卡洛斯的身上,而雄心一旦融化,坠落便无法避免。坠落了,就无需羽毛的装饰。

甚至在新年时,都不再为自己订一个计划。只想兢兢业业地工作,认认真真地写作,明明白白地做人。既然失去翅膀已使我理解了行走,梦想的破碎也使我感悟了生命,何必要等到五十岁才"知天命"呢?

在地面上行走也许是沉重的，要承担各种劳作之苦，还要忍受琐碎的羁绊，但是最沉重的负担也是生活最为充实的象征。坠落到地面，就意味着贴近了真实，而心灵走向成熟的过程不正是告别虚假的飞翔而贴近真实的过程吗？

所以在天将明未明时分，我给自己的用羽毛做的翅膀举行了一场小小的葬礼……

与多伦多共饮

如果说我曾对一座城市一见钟情，那么这座城市该是波士顿。公园里年逾双百的苍翠古榆，哈佛附近渗透人文精神的石板路，还有波士顿港照亮移民路的灯塔……无不曾在心中流淌过音符。

但我在波士顿做了一个过客。既是过客，心，也就不必再缱绻低回。

迁移，练就了人的勇敢，也注定了人的冷漠。

不，对多伦多，这座依傍着安大略湖的城市，我从不曾一见倾心。

1999年，我还住在美国雪城。一位朋友在闲谈间建议我申请加拿大移民。当时我在林肯金融财团纽约州分公司工作，做"千年虫"的项目，担心千禧年一过，职位不保，于是一向执着向前、不计后路的我，竟在一念之间接受了他的建议。

我对加拿大了解甚少，在填写移民表格时必须要填移居地，犹豫片刻，就写下了Toronto（多伦多）。原因甚至有些可笑：Toronto的拼写比较简单。在漫不经心中我把多伦多填入了自己的生活，准确地说，是多伦多在若干年后把我融入了他的生活。

2000年，我搬到了"梦中城市"波士顿，在一家高科技公司工作。不久，这家公司化成了高科技泡沫中的一朵浪花，我也只能随"浪花"远去。失业后，我卖掉了所有家具，把剩下的家当装上一辆"福特"车，横穿半个美国，去了德克萨斯，并在那里开起了中餐馆。几代华人借助中餐馆的车轮追逐美国梦，我不是第一人，自然也不是最后一个。这期间忙忙碌碌，把移民加拿大的事竟抛置于脑后。加拿大使馆通知我补充一些在中国工作、学习情况的文件，我拖了一年多才办齐。在潜意识里，离开美国是生命中不可承受之重，拿出一把意念的剪刀，把曾精心编织的美国梦齐齐地斩断，需要足够的勇气。

后来因为临时雇用的几个墨西哥员工无合法身份，我惹上了一场牢狱之灾。出狱后失去了餐馆，陷于无固定职业状态，且身无分文，"落了片白茫茫大地真干净"。我精神飘忽，夜夜被噩梦纠缠，又一次陷入绝望的困境。就在这时，我收到了加拿大使馆寄来的移民签证。

那张签证也许是一张入场券，使我可以走进一座新的剧院，从绝望的结局中演绎希望的情节。人生如戏，有时可以从上一场的结局开始。

命运敲两次门。

多伦多敲了第二次。

几乎没有人赞同我移民加拿大。很多在美国拿了硕士、博士的中国人搬到了加拿大，找不到专业工作，要么送匹萨，要么当装配工，收入微薄，追悔莫及，直呼在加拿大苦坐"移民监"。

我连真正的监狱都坐过了，还怕坐"移民监"吗？于是开始打点行装。从老家佳木斯，到天津、北京；从美国雪城、波士顿、德州的维多利亚、科帕斯·克里斯蒂等，我搬过十五次家。搬迁，正如婚姻，"For better or worse"（为了更好，或更糟的生活），可当生活无比糟糕时，我已无畏，无可失去便无畏。

在许多年里，我一直试图把握命运、追逐必然，可命运跟我开了一场又一场的玩笑，这一次我却放了手，顺从偶然的牵引。

多伦多，是我生命中的偶然。

2003年8月26日，我从休斯敦起飞，到芝加哥转机，午夜时分登陆多伦多。

因为在多伦多没有熟人，我出发前联络了一家移民服务中心。偏巧飞机晚点，出了海关后已接近午夜。移民服务中心派来的司机，一个操半生不熟国语的冷脸男人，载上我和三只行李箱，上了高速公路。

生活又一次充满了变数和未知。

从车窗外闪过的一座座楼房，像一个个低矮、保守的男人矗立着，漠视着我对多伦多初生的向往。

两天后，我在央街和韦尔斯利交界处找到了一间单身公寓，毫不犹豫搬了进去。就这样，一个惧怕黑暗和孤独的女人固执地选择了异国的独居。

公寓临近韦尔斯利地铁站，交通方便，对于已经没有了汽车的我，是很实际的选择。多年来高扬起下巴、以浪漫自诩的女人开始平视实际生活，我给这种精神改变贴上成熟的标签。房间虽然只容得下一张床和一个书桌，我仍感到了安慰。终于在多伦多落脚了，从此再不必像在美国时那样为身份担忧，还有了回国探亲的自由。

自由！在身陷囹圄的黑暗日子里我已决定将自由奉为神灯！

一天傍晚，我走下公寓楼，不料撞到一对正站在街灯下忘情热吻的猛男。平生第一次见到同性恋者当街亲热，不免心惊肉跳，经历了一场不小的文化休克。来往行人并没有对他们戳戳点点，或怒目而视，而是微笑着侧身而过。

那一刻，我感受到了多伦多人的宽容。而宽容，对一颗屡受冷落甚至歧视的心，从来都是温暖的字眼儿。

后来我发现自己无意中住进了同性恋者聚居、活动的地区，而坐落在公寓楼旁的正是多伦多著名的同性恋酒吧，不禁莞尔。

我在一家泰国餐馆找了一份领位员的工作，每小时赚八加元。有一天因为在安排座位时出了错，被几个同事严辞教训。下工后我走进地铁，刚站到地铁车厢的中央，握住扶杆，泪就忍不住落下来。想自己年少时壮志凌云，年轻时为天之娇女，后来飘洋过海，至今拥有两个硕士学历，却为一份全国最低薪资的工作烦恼，怎能不满腹委屈？

一位年长的金发女人，抬眼看到泪流满面的我，立即流露出关切的神情。车到了皇后街，她准备下车了。走过我身边时，她轻声说："不管今天发生了什么，这都不是世界末日，希望你明天感觉好一些。"

语言是一种奇妙的东西。她平和友善的三言两语，令我联想起美国小说《飘》的最后一句话：Tomorrow is another day（明天将是新的一天），令我平静了下来。

这是大城市中的小故事，"莫斯科不相信眼泪"，多伦多也不相信眼泪，但我流泪时得到了安慰，这便足以使我与多伦多贴近。

我求职全靠网络。2003年底，在加拿大的求职网站Workopolis上，我看到高文布朗建筑管理公司招聘项目管理助理，就传了自己的简历。竟有过百人竞争这个不起眼的职位，被面试者五人，我是这五人中之一。在面试时我穿上了从美国Lord Tyler店买的黑西装，一副自信、干练的职业形象，没把过去的苦难写在脸上，也没流露出乞求职位的焦灼。不知是因为双硕士学历，还是那套黑西装，我得到了那份工作。

公司里的同事大约一半是移民，工作得认真，生活得实际，无意中把曾飘浮在天空的我拉到了地面，使我专注于脚踏实地的诚实劳动。移民不问出身，更不在意社会关系；没有经济攀比，自然也就少了精神压力；没有复杂的上下级关系，万事变得简单。而简单，正是厌倦了生活迷宫的我所需要所渴望的。After all, I am a simple woman（经历了许多事，我其实是个简单女人）。

公司的规模尚小。我说是做项目管理助理，其实大事小情都要打理，其中一项是在收到施工图纸时，往图纸上盖章。图纸常是厚厚的一大捆，每张比办公桌还宽大，每捆足有五十斤重，我把它们从收发室搬到办公室，就已累得满头大汗。盖章的活儿既枯燥又单调，但我还是坚持了下去。我的意识非常清醒：在一个新的零点上起步，必须拿出全部的耐心来。我经常在盖章时构思小说，这样就不至于太有怀才不遇之感。

我还意识到自己必须打磨英语，才可能在事业上有所进步，所以在业余时间除写作外，就不停地学英语。站在街车里听收音机，午餐时读英文报纸，回到家随电视练发音……当我开始在咖啡室里和同事闲聊天气、冰球、明星新闻、旅游景点时，我的英语逐渐过关。

后来老板打算购买一套复杂的信息系统，鉴于我有IT背景和IT项目的管理经验，且十分敬业，就委派我负责这项工作。我做上了专业工作，很快又当上了IT经理。现在公司的销售额已过亿，在加拿大的几座大城市都建了分公司，我的职责也日益重大起来，但每当和同事笑谈往事，我总称自己是个"盖图章的女人"。

机会其实垂青每一个人，而当机会来临时，是否有能力把握，才至关重要。

工作中每天都有挑战：市场变换、技术更新、人员流动……在迎接新的挑战之前，我从不督促别人，而是先问自己："Are you ready?"（你准备好了吗？）

世间没有一座城市会铺上红地毯迎接我，多伦多也不会，但多伦多给了我一小片坚实的土地，忠诚地记录了我清晰的脚印……

到了周末，教会街上的酒吧夜夜笙歌。每当所有的乐器同时迸发出激情的声音时，我的窗棂外加心灵就开始轻微颤动，我再也守不住一张安静的书桌。

2005年我搬进了多伦多西部的一幢老式公寓楼，从公寓的窗口可以望见安大略湖。在那些日子里，孤独经过一两年的扩散，已渗透到了骨髓里。孤独是把双刃剑，既可以杀人，也可以磨砺人，我默默地接受了磨砺。

周末我常到湖边的公园散步，那里有奇异花草，也有苍苍蒹葭；现代的拱桥和古老的木桥遥相呼应。在无数次的散步中，我一回回铺散开记忆的长卷，检审自己在生活中的每一步选择。那仿佛是一场无边无际的浩繁演习，我常被过往的人和事恣意淹没，终于在字里行间搜寻到了真实的自己。从此过什么样的生活，做什么样的人，就变成了一个容易的命题，从此就从精神的监狱里释放了自己。

在那间临湖的公寓里我完成了第一部长篇小说《梦断德克萨斯》。我在这部小说的后记中说过，"我似乎无意中用我的文字，拌入红枫青草做药引，添加碧水，借助清风，以温情之火慢慢炖煮，为自己制出了一副良药。由此我微弱的心跳恢复它正常的节律，而我曾一度迟缓的脚步又有了健康的旋律……"

如果没有搬到多伦多，我大概永远不可能完成这个作品。那时我似乎只和安大略湖、只和多伦多对话。多伦多像友人一样倾听，以宽容的胸怀接纳了我的过失，以平和的态度安抚了我的浮躁，给予我期待已久的安宁。

人生的场景频繁变换，十年河东，十年河西，这份安宁值得铭记。

有时我还去安大略湖滨的多伦多音乐花园（Toronto Music Garden）。花园地处闹市，却又曲径通幽。誉满全球的大提琴家马友友和园艺设计家梅瑟薇合作设计了这座花园，根据巴赫的《无伴奏大提琴组曲》将花园划分成六个主题区域，每一区随季节更换栽种不同的花卉草木。一条蜿蜒的小河演绎了《前奏曲》，仿佛大提琴奏出的曼妙旋律；森林中的小径铺展出《阿勒曼德舞曲》；岩石与流水排列出《库朗特舞曲》的圆满形状；蜜蜂与蝴蝶在一片碧翠的草地与风信子中间飞舞，点缀出《萨拉班德舞曲》；一座花团锦簇的拱形凉亭展现出《小步舞曲》的绚丽；一层层铺满芳草的阶梯，由下而上，跳跃出最后的《基格舞曲》。而在任何一段乐曲中，向不远处眺望，都能看到澄静天水，使人的幽思愈发深远。

马友友说他通过巴赫展开想象的翅膀，深入到建筑、园艺的创造中去，把握每一部音乐作品中的思想，一切都在豁然间像一朵美丽的鲜花一样慢慢绽开。

法国诗人波德莱尔（Charles Pierve Baudelaire）说

过,"我们的城市生活富于诗意和奇妙的主题,我们被包围、被浸润其中,但却没有留意到。"

如果有一双乐于欣赏的眼睛,一切都会在"豁然间"美丽起来。

那时我常看美国电视剧《欲望都市》。四个单身女人在约会了众多的纽约男人之后,发现她们其实是在约会纽约。

她们陷入的是纽约编织的情网。

我不曾情陷多伦多,但我的感情随着岁月迢递一丝一缕地积累起来。如果我写一部关于多伦多的作品,我会称之为《生活与城市》。

多伦多不仅是友人,还是导师,他教会了我感激人文和自然中微小的细节,使我从一个全新角度拥抱生活。

2006年,我搬到了布洛尔街和多维考尔街交界的一幢公寓楼里。在夏日的傍晚,暖风习习,和许多城市观察者一样,我偏爱在布洛尔街或者学院街上散步。

"多伦多"一词来自印第安语,意为"相会的地方"。虽然多伦多建城只有一百七十多年,但如今世界上八十多个族裔的人在这里"相会"、居住,运用一百多种语言,使城市的每一个角落里都弥漫着多元文化气息。

民以食为天,八十多个族裔引进了八十多种烹饪。

我养出了一副"国际胃"，尝试世界各国的美食："葡萄牙村"里新鲜的面包，"小意大利村"里刚出炉的匹萨，"韩国村"里喷香的烤肉，"唐人街"香酥的烧鸭，肯盛顿市场的法国奶酪，还有希腊、墨西哥、黎巴嫩、泰国、越南的美食……

在品尝异国食品的同时，也品尝异国文化。

多伦多在每个周末几乎都有多元文化活动，每一个族裔都孔雀开屏般展示自己绚丽的文化。其中最令我关注的是得到省市政府支持的五月"亚裔文化月"，在文化月期间亚裔的艺术家、作家纷纷登台献艺。作为加拿大中国笔会的一员，我每年负责策划笔会在"亚裔文化月"中的文学活动。我们常在市立图书馆或市政府中朗读作品。每一个海外写作者似乎都是一艘孤船，在一个晴明的日子里相聚于文学的港湾，用母语交流海上的讯息，这样的日子就有了特别的意义。不必奢谈爱国，只用母语讲述人生故事，传播祖先的文化，谁说这样的情怀不深沉呢？谁说河山不在心中呢？

有一年八月，我无意中加入了"加勒比海大游行"的队伍。加勒比海黑人闪光的衣服、鲜艳的羽毛在湖滨大道上汇成了欢乐的海洋。他们演奏加勒比海风情的灼热豪迈的音乐，且歌且舞且欢呼，使城市霎时充满动感和活力。虽然听不懂歌词，我仍被他们的热情所感染，但当我发现有些人身披羽毛编成的衣服，竟然没穿内裤，又着实"文化休克"了一回！

当美国人大谈文化的"熔炉"的时候，加拿大人却小心地称自己的文化为"马赛克"。"熔炉"潜藏着消融的危险，而"马赛克"意味着保持各种文化的色彩。

多伦多的多元文化是一朵奇异的花，在四季里盛开，四季都有不会褪色的鲜艳。

2008年，我搬进了西帝王街小区的一幢闹中取静的公寓楼，从此正式有了一个固定地址。公寓包括上下两层，透过落地窗望出去，斯坦利公园、商业区的高楼大厦、世界闻名的CN塔，一目了然……站在阳台上，还能看到安大略湖无悔流淌的清波。

在北美的许多大城市，人们都遗弃了商业区，纷纷搬到郊区去住，贪恋那里的草坪和花园，但多伦多人近些年陆续搬回到商业区，恢复了城市的生气和灵气。

多伦多人会拥到刚装修好的"安省艺术博物馆"参观，会聚集到"参考图书馆"聆听"二月读书月"中的演讲，会连夜排长队购买刚出版的《哈利·波特》……欣赏交响乐、电影、话剧、芭蕾舞、冰球、棒球……一座城市，只有保持对文艺和体育的钟爱，才保持了充实的灵魂。

在假期里，多伦多人会去外省、外国度假。在韦尔斯利地铁站我见到过一张巨幅摄影作品：夕晖融金，点点落在绸缎般光润的湖面，湖上横躺着一条拙朴的独木舟，画面下的空白处有一行字：加拿大人是懂得如何在独木舟上做爱的人！虽然对独木舟的窄小空间不敢恭维，但对加拿大人的率真坦诚和热爱生活的态度不得不赞叹。

而多伦多人，更是加拿大人中热爱生活的典型。

每次出国旅游或回国探亲，回到多伦多，走出机场，我总在心里对自己说："终于回家了"。车窗外的建筑不再呆板，甚至冬日的枯树也比从前生动了许多。曾以为多伦多只是漂泊中的一个驿站，如今竟在此尘埃落定。不管布拉格的宫殿多么华丽神秘，不管加勒比海的景色多么风情万种，这世间只有一座城市，给我回家的感觉。

漂泊需要勇气，而落地生根需要境界。

就这样在蓦然回首间，一个"属树叶的女子"，从漂泊者转身为守候者，把异乡变成了故乡。原本可能擦肩而过的陌路人，竟是相许后半生的有情人。

今年初春第一个暖和的日子，我路过多伦多著名的古酿酒厂区。

古酿酒厂区是北美保存最完好的维多利亚时代的工业区。当许多城市疯狂拆除古迹时，多伦多却对古迹用心呵护。红砖建筑、红砖地，配上墨绿门窗，还有古老的招牌和酿酒桶，把维多利亚时代的场景活色生香地推摇到了眼前。这里布满了画廊、服饰店、工艺品店、咖啡馆、酒吧……自1990年以来大约有八百多部电影和电视片在此取过外景。

多伦多人早已迫不及待地穿上T恤衫，亮出闪亮的皮肤，坐在露天座位上呷啤酒。在这怀古的氛围中，说不准哪位就会被摄入电影镜头呢。

初到多伦多时，我惊讶地发现超级市场不卖啤酒，买啤酒要到专卖店。走进专卖店，只看到窄窄的店面和摆在货架上的样品，还以为加拿大人对啤酒不感兴趣。不料售货员打开他背后的一扇门，让我看到了一个几乎惊心动魄的场景：硕大无比的冷库里储满了大箱大箱来自世界各地的啤酒！原来加拿大人对啤酒无比重视，不但重视，简直是热爱！

在各种乐队演出中间，观众们常不停地出场买啤酒。灯光闪动、音乐荡动、人群流动，让我头晕目眩。我简直觉得多伦多人热爱的不是音乐，而是啤酒。不过许多人为我先后解惑，他们说一边喝啤酒，一边听音乐，啤酒的滋味就像"天神的甘露"；多伦多男人喜欢聚集在酒吧里看球赛，也是因为伴随激烈的竞赛，啤酒更爽口！

醉翁之意不在酒，而在品味生活。

"年轻的中国女人，不要走得这么匆忙，坐下来喝一杯啤酒吧。"一个穿高尔夫球衫的男人对我说。

在热爱生活的男人眼中，每个女人都永远年轻。

虽然只有一瓶啤酒的酒量，我还是坐下来，点了一杯多伦多产的啤酒。在绿芽初绽的春日，为何不停下奔波的脚步，坐下来接受久违了的阳光的亲吻？

不，不与往事干杯，早已封存了往事的苦与烈，生活在此刻，只与此刻干杯。

与多伦多共饮……

假如不在海外写作

近几年来,随着长篇小说的出版,同时又常有短篇小说、散文、随笔发表,作品被收入多种文集,获文学奖,被各种媒体采访报道,我被称作了海外作家。

即使在中国,作家的桂冠已失去早年的光环,留下一点余光而已,而这余光折射到重洋之外,几乎等于虚无。

我是个朝九晚五上班的人,用业余时间挣扎着写作。我之所以用"挣扎"这个词,是因为在昏昏欲睡的夜晚,或在周末,放弃休闲和娱乐写作,真的是要挣扎着坚持。

我过着双重生活。白日里在工作中清醒理智、崇尚科学和逻辑,到了晚上写作时多愁善感,陶醉于虚构和情绪。也许正因如此,我在办公室里极少提及写作,唯恐一不留神流露出"双重人格"。不过同事还是对此有所耳闻,有一次惊诧万分地大声问我:

"你是作家,你在这里做什么?!"

我的回答是,因为我太爱和你们共事了,不舍离开。

人人都知道这是一个甜蜜的玩笑,但我没有力气做更多解释,诸如因为谋生不易,靠写作在多伦多难以生存;海外作家大多从事严肃文学创作,作品很难畅销;中国虽是一个十几亿人的泱泱大国,读文学作品的人越来越少;海外作家置身于国内文学圈子之外,不易得到评论界的青睐……

在尴尬之余,我又很安慰。不为生存而写作,难道不是精神上一种奢侈的自由吗?

海外作家不占天时地利人和,只是孤独地写着。

许多中国新移民作家似乎都走过一条类似的路:在20世纪八九十年代出国,最初为生存奔波,为在异国寻找到新的社会角色而努力,后来生活安定下来,职业稳定了,倾诉的愿望变得强烈起来。当他们开始写作时,出国后的一段经历是首选的也是无法避免的题材,这中间充满曲折磨难,心灵的挣扎与苦痛。

于是这一代人的创作被称为海外伤痕文学。

最近听到、读到许多对海外伤痕文学的讥讽,诸如其"血泪斑斑",内容雷同,已无法引发国内读者的兴趣,而类似题材的作品也一再遭到出版社的拒绝等。随着新一代家境富裕的留学生在国外境遇的巨大变化,怀揣50美金到异国打拼的故事再难以让人动情。这令我联想到20世纪九十年代人们对伤痕文学决绝的告别。忘记伤痕,走向新生活,是人类本能。谁能阻挡本能呢? 但我们能忽视伤痕文学在中国文学史上的地位吗? 与此类似,我们能忽视海外伤痕文学这一篇章吗?它见证的不仅是移民个人成长的历史,更是一代人求索的爱与忧伤。

没有哪一位作家是凌空出世的。海外作家同样受地域的、文化的、经历的种种局限,但都在尝试着一步步冲破自身局限,探索多种题材,尤其是中西文化对比的题材,努力挖掘人性深度。

而突破自身局限,是多么艰难啊。

我常想,假如不写作,就没有身心之苦,就可以过正常的生活。精神上的苦自不必说,几乎写每篇小说都要落泪,都要骂自己痴人说梦。虽然认定写作是阳光底下最美好的事情之一,但腰酸背痛的滋味让美好感觉大打折扣。

想起史铁生在散文《答自己问》中说:"写作就是要为生存找一个至一万个精神上的理由,以便生活不只是一个生物过程,更是一个充实、旺盛、快乐和镇静的精神过程;如果求生是包括人在内的一切生物的本能,那么人比其他生物已然又多了一种本能了,那就是虽不单要活还要活得明白。"

我几乎是噙着感激的泪重新坐在电脑前。我已无法想像不在海外写作的日子。写作于我是沉迷,也是救赎,而在这沉迷与救赎之中生命变得前所未有地丰盈与安宁……

背灵魂回家

你的鞋会讲述你的故事吗？

　　第一次踏进多伦多的贝塔（Bata）鞋博物馆，很后悔自己没有穿一双美丽的鞋。

　　贝塔鞋博物馆建于一九九五年，因其创始人Sonja Bata（桑加·贝塔），一个走遍全球搜集各式各样鞋子的女人而命名，是北美第一家也是最大的一家鞋博物馆。博物馆坐落在Bloor大街上，由著名的建筑设计师Raymond Moriyama（雷蒙·森山）设计，外形像一个硕大的鞋盒，收藏了一万多双来自世界各地的鞋，把四五千年来人类对鞋的钟爱和梦想都包容其中了。

　　这座博物馆共有五个展室，每一个展室都有自己的主题。

　　位于第一层的展室以几千年前出现在拉丁美洲、非洲、中东、印度、中国、朝鲜、日本的鞋子，展示了人类发展的足迹，给人们提供了一个独特的角度观察历史。这里既有古埃及和希腊简朴的凉鞋，也有摩洛哥讲究的拖鞋，和阿根廷粗犷的生皮长靴。每一双鞋似乎都反映出其主人的生活轨迹，包括社会地位、文化背景、风俗习惯，甚至宗教信仰等等。比如展出的加纳国王的黑皮拖鞋上缀了两个金子的雕像，他连在自己的卧室里都不忘记显示财富！

难怪西方人说："你可以从他的鞋子判断他的富有。"美国著名的畅销书作家Brian Koslow告诫世人："你应该总穿昂贵的鞋子，因为人们会注意到。"中国人也喜欢说："脚底下没鞋穷半截。"可见鞋在人们的生活中扮演了重要的角色。

我只能感叹人类涉过浩森的历史长河，终究没能摆脱对一双昂贵鞋子的向往。

看看自己脚上的皮鞋：黑色，大头，厚底，既不妩媚，又不新潮。离开美国的时候，丢掉了很多双鞋，而这一双却得到了我的偏爱，因为它和我将面临的平凡而奔波的生活十分相配。

也许在海外的漂泊会剥去人的虚荣。

又见到了中国古代女人穿在她们"三寸金莲"上的绣花鞋，那为了优雅而扭曲，为了显示社会地位而做出的痛苦牺牲，我们这些拥有"美丽的大脚"的现代女人是很难理解的。我惊讶于整个博物馆竟没有一双中国古代男人的鞋，比如那些醉卧沙场的将士穿过的马靴之类。

是不是西方人对神秘中国的理解仅限于此，还是因为三寸金莲更能引起他们的好奇心？

不得而知。

只是对比古代的中国女人，暗自庆幸自己的健康、自然与独立。

博物馆的第二层收藏的是名人的鞋，在展室门口的地毯上有一些名人闪光的脚印，其中包括Kate Bush（凯特·布什）和 David Bowie（大卫·鲍威）的脚印。在第三层的一个展厅也可以看到过去五十年里的一些名人的鞋：从著名的政治家到作家，从体育健将到电影明星，其中包括迈克尔·乔丹当年在篮球场上大展雄风时穿的红黑两色的运动鞋，麦当娜穿着走过了奥斯卡颁奖晚会的星光大道的粉红色的鞋子。

许多人都渴望穿上明星的鞋子，走明星的路，登上生命中荣誉的顶峰。

但我很想透过玻璃窗，借着博物馆里含蓄的灯光，辨清每一双鞋上留下的汗水和眼泪的痕迹。

第三层另外一个展室的主题为"完美的一对"，展览的是来自许多国家，包括印度、日本、朝鲜、印度尼西亚的婚礼鞋。婚礼鞋大多精美别致，其中暗藏着新人对未来生活的美好向往。中国人常常说，婚姻如鞋，穿上了是否舒适只有自己知道了。日本女人的婚鞋多为红白两色，据说白色代表自己在过去家庭的死亡，红色代表在夫婿家庭中的重生，看来结婚还需要生生死死的勇气呢。加拿大人最近忙着争论关于婚姻的定义，婚姻究竟是"法律合同""宗教仪式"，还是"一男一女的组合"，甚至是"两个人的组合"？不管怎么样，只愿婚姻如珍藏在玻璃柜里的婚鞋一样，虽经岁月迢递，而美丽依昔。

博物馆的顶层展示的是印第安人的色彩鲜艳的鹿皮鞋子，带着雄浑质朴的穿越旷野的气派。印第安女人精心制作了很多独具特色的鞋子，以此为自己在部落中赢得尊重。从这里不难寻出印第安人在接受新事物和维护传统的矛盾中复杂的精神历程。融合与恪守，幸存与发展，这难道仅仅是穿梭在骏马和公牛之间的印第安人所面临的挑战吗？

难道每一个移民在对自我和文化的追索中不需经历同样的挣扎吗？

当我走下楼梯的时候，觉得仿佛体验了一次人生的全部重要内容：历史，文化，宗教，生存，荣誉，婚姻……

逛鞋店的时候从来不会如此思绪翻飞，因为鞋店里的鞋，虽然符合流行时尚，但并不令人激动。而博物馆里的鞋是旧的，每一双似乎都会说话，都有一个故事，甚至藏着一段感情。

鞋意味着脚印和道路，进而令人联想人生。

你的鞋会讲述你脚上的痛楚，你的汗水，和你的故事吗？

而这家博物馆有一天会不会收藏几双新移民的鞋子呢？

一个移民在异国走过的路虽是曲折的，但只要是怀着梦想和真诚走过的，若干年后回首，也许会对今日的路有不同的感悟。

出了Bata(贝塔)鞋博物馆，发现多伦多已布满了冬天的脚印。路依然很长，不悔穿自己这双普通而温暖的鞋子。

只要把路走好……

走在路上的足迹

重访美利坚

旅程其实很短。登机、着陆,清晨还在多伦多的家里吃早餐,中午已坐在圣地亚哥的Westin Hilton(威斯汀·希尔顿)宾馆喝冰茶了。

穿着随意、行囊简单,在搬离四年后再次踏上美国的土地。

没有十几年前第一次入境美国时的新奇和激动。在美国生活的九年里,希望过,幻灭过;欢喜过,悲哀过……生活,曾像一块被揉皱了的绸缎,如今被时光细心地抚平了,在阳光下安静地散发光彩。

而圣地亚哥的阳光是多么明媚!

没有久别重逢的喜极而泣。仿佛见到一个曾经热恋的人,因爱已成沉沙,心中不再有浪花翻卷甚至也没有沉缅于苦痛的回忆。关闭了的门重又敞开,溺水的人都会幸存下来,有什么伤痛不能被忘怀?

沿着海滩徐徐走远。湛蓝晴空、碧水、白帆船、红屋顶……谁会拒绝欣赏这样的风景?做游人,自有游人的悠闲;做看客,自有看客的散淡。美国的变化似乎是微小的。一样的高速公路、一样的超级市场、一样踌躇满志的人们。变化的只是我的心境和感受。在多伦多的四年,在无数个沉思默想的日子里,悔恨、遗憾、怀恋……最终彻底解开的是一个美国情结。美国,是人生的上一站,而下一站才是幸福。

街头一个蓬头垢面的流浪汉热情地对我说:"享受这阳光吧。"

于是笑容在我的脸上绽开。重访美利坚,是为了安然地微笑,和微笑后轻松离去的脚步……

圣地亚哥的老城

游圣地亚哥,海滩和海洋公园固然让人兴奋,但老城更耐人回味。

在一个阳光璀璨的日子踏入老城,满目墨西哥风格的建筑,五彩的屋顶和墙壁、棕榈树、仙人掌,令人仿佛进入白日的梦境。正值圣地亚哥艺术节,街道上摆着许多别致的摊位。风格迥异的画作、闪亮的玻璃制品和首饰，给老城平添了几分艳丽。戴阔边帽的墨西哥歌手站在餐馆露天座位中间为客人演唱，他们抒情的歌声给老城带来现代的浪漫气息。

老城被称作圣地亚哥的心脏，因为它是加州的发源地，代表活着的历史。老城内保留了许多历史遗迹和古老建筑，从法院、教堂、救火站、医院，到商店、餐厅、戏场等，应有尽有。其中较著名的有建于1847年的加州第一家法院，第一座监狱，遗产公园里维多利亚风格的老房子，还有闻名全美的"鬼屋"——"The Whaley House"。美国早期的建筑风格，从这里可以窥见一斑。所有的建筑都完好地保持了原有风格，被花草环绕，可见美国人对保护历史遗迹的精心。从圣地亚哥的历史变迁，不难感受到人类不断改善自身生活，同时推动社会文明进步的执着精神，也不难发现，多元文化在美国扮演的重要角色。

巧克力店里穿着上一世纪服装的店员让人陷入历史的陶醉。店门一被打开，巧克力的香气让空气都变得甜软了。当然沿街餐馆里，墨西哥菜的香气更是令人垂涎三尺。

老城，色香味俱全，又连接历史和今天……

平安夜

刚一进入十二月，多伦多的大小店家就装饰好了圣诞树，随处都可听到圣诞歌了。这些装饰和歌声对于总想逃避节日的我有压迫感。当我坐上去北京的飞机时，松了一口气，今年终于可以躲过在异国过圣诞的感伤了。

由于紧张的日程安排，到了平安夜才得空去西单购物。不料那里的圣诞氛围比起北美的一些大城市，可谓有过之而无不及。一进商场，强烈的视觉和听觉冲击使我几乎眩晕。圣诞树青葱又灿烂，花环鲜艳而浪漫，从音响里传出的圣诞歌更令我恍若回到了国外。慈祥慷慨的圣诞老人立在高处，看上去有些矮小瘦弱，大概是中国版本吧。店员们头戴尖角红帽子，个个喜气洋洋。商场用减价商品吸引了成千上万的顾客，而免费提供的圣诞大餐更让人群兴奋地攒动。人们一边购物还一边不停地发着恭贺圣诞的短信，神情十二分地欢悦。

当我热汗淋漓地走出商场，冬日的风迎面吹来，头脑才清醒了一些，心里却不知是喜是悲。加拿大的中国人正积极呼吁把春节变为法定节日，而在国内，像圣诞节这样的"洋节"却得到了众人的迷恋。是不是我们在西方就要寻觅东方,而在东方又要追逐西方呢?

像我这样的处于东西文化之间的边缘人,是不是注定了就没有自己的节日呢?

山顶有座湖

十月初在卑诗省著名的滑雪圣地Whistler(惠斯勒)逗留了半天。几十年前的荒漠小镇,坐落在Rocky Mountain(落基山脉)的群山中,如今变成了名扬天下的度假村。所有的建筑、园艺都雅致。游人很多,穿着时尚服装,拿着时尚体育器材。在游人多的地方感觉像赶集,而赶集从来不是旅游的目的。

旅游,是为了短暂地寄情山水,逃离人群。

于是驾车北行,去寻一座名叫Callaghan(卡拉汉)的湖。

在那条山路上,几乎见不到其他车辆,寂静得有些异常。路是石子儿铺的,坑坑洼洼。正在不堪颠簸之苦的时候,颈后的毛发全竖了起来:路中间站着一匹狼。狼既不看车,也不看人,沉浸在自己的冥思里。小心地从狼身边驶过。真是大路通天,各走一边。

终于到了海拔六百七十多米的高山上。抬眼望去,那没有人迹、常年积雪的山峰还在遥远的天边。世间有多少不可企及的顶峰，所能做的，也只有仰望。雪水从山顶流下，汇集成了这座湖。湖边没有居民，自然也没有污染。湖，是平生见到的最清澈的湖；空气，是平生呼吸到的最清新的空气。一路的颠簸之苦似乎都得到了补偿。四周漫开的是不知名的野花野草，淡紫的，暗红的，不娇艳，也不做作。被山风一次次轻吻着，在蓝天青山的背景下，透露出本色风情。

自然的美，总是最让人无法拒绝，也最让人感动。

会一直记得，山顶那座幽静的湖……

古巴的星空下

位于古巴中部、加勒比海旁的Cayo Coco（科科）岛，风光旖旎。海水碧蓝，沙滩乳白，还有大片青翠的棕榈树。来自欧洲和加拿大的游客，穿着泳装整日躺在海滩和游泳池旁享受艳阳，全然忘却一月里潮湿的欧洲和天空灰暗的加拿大。到了傍晚，燃一支味道纯正的雪茄，喝一杯朗姆酒，听温柔海风的低语，有几人不醉？而更醉人的是夜空：澄净、辽远，似乎让人一眼看入天宇的窗棂，捕捉无比神秘的外星球的美丽；星星如此明亮，光彩超过世间任何钻石……但是，古巴人有多少闲情逸致欣赏这样的星空？

在距离Cayo Coco(科科)岛最近的城市Moran(莫兰),处处可见破败的房屋、锈迹斑斑的自行车。偶尔有一辆公共汽车开过,汽车玻璃早已碎裂,并不停地发出刺耳噪音。在小城唯一一家像样的百货商场里,货架大部分是空的。仅有的两台25英寸电视售价超过加拿大商场的四倍。英语教师的月收入是20比索,相当于18加元,而买一杯咖啡要1比索……对于这里的居民,香皂和洗发精都是奢侈品,计算机更是稀有之物。上网,是被禁止的。在其他国家的人通过网络频繁交流技术、沟通思想,他们竟浑然不觉世界的变化。每年接触到众多享受生活的游客,他们却在贫困线上挣扎,衣食富足的生活可望而不可及。而在游客眼中,这里被大自然美景所衬托的贫困更显得触目惊心。

星星可知古巴人的心愿?

走在月亮的边缘

空气终于有了一些春意,虽然草依然枯黄,水依然消瘦。在这星期天的傍晚,我坐在临水的长椅上,享受一片清寂。

风景是熟悉的。闭上眼,可以把这道风景画出来。一弯月亮默默地浮现,赴黄昏之约。水的那一边是苍茫,在苍茫中辨不清时光的背影。

在异国生活，躲不开寂寞。以前在德州西部的山区旅行时，曾在小镇的一家中餐馆里吃饭。餐馆老板大约五十岁，在那里住了七八年。小镇只有六七千居民，他们一家三口是唯一的中国人。因为只说家乡话和磕磕绊绊的英语，他把国语已经忘了大半。每天关门后开车回家，看到的只是山上一个大而空洞的月亮。也许漂泊的人，才真正理解"举头望明月"的深意。尤其在黄沙肆虐的日子，故乡暖暖的湿润的风既不可望，又不可及。寂寞是会杀人的。虽然餐馆盈利，他还是打算卖掉，希望搬到纽约或者洛杉矶，中国人聚集的地方。

不知道那位老板搬家了没有，如果他住在中国人聚集的地方，就不寂寞了吗？

关于西方月亮和东方月亮哪个更大更圆的讨论已经不再吸引我了，因为我只是走在月亮的边缘。三十年河东河西，东方的繁华取代寂寞，西方的寂寞遮盖了繁华，我还是一个旁观者。三毛当年感叹"西风不相识"，其实东风也未必会对远行多年的游子张开怀抱。

站起身，离开，把草地和水留在背后。在人生中一次次重复着这样的动作。明天的月亮，希望比今日的清朗些吧。

布拉格的爱与神秘

一

布拉格之行，仿佛一部以双眸摄制的电影，存储在记忆的胶片上。

画面最初从碧空淡入，渐显的是色彩眩目的城景：翡翠塔尖、明黄树叶、橙红屋顶、描金窗棂……出生于欧洲的弗兰克和我缓缓进入画面，在一幢幢建筑中间穿行。接着是一组建筑蒙太奇：罗马式的，哥特式的，巴洛克式的，还有文艺复兴式的。驻足，或惊喜叫喊，或默然仰望，我们阅读一部活着的欧洲建筑史。厌倦了北美的现代水泥丛林，美轮美奂的布拉格建筑，唤醒了沉睡的创造灵感和激情。千年来，布拉格屡遭掠夺侵占，但委曲求全，留下两千多处国家级的重点保护文物。布拉格，世界第一座全城被指定为世界遗产的城市，最痴情于记忆历史足迹。

随后是布拉格城堡的空镜头：波希米亚王国、神圣罗马帝国的辉煌宫殿，还有神秘的圣维特大教堂。宗教和艺术浑然一体，而莫哈绘制的彩色玻璃画，似乎泼洒尽了布拉格最明艳的色彩。

尼采说，当他想以一个词来表达音乐时，他找到了维也纳；当他想以一个词来表达神秘时，只有布拉格。

夜幕的薄纱为布拉格更添神秘。身穿燕尾服的警卫推开镶金大门，把我们引进Lobkowicz（洛布科·维茨），布拉格唯一私人拥有的宫殿。观赏过飞扶壁、水晶灯、波希米亚风格的装饰，还有文艺复兴时期的艺术品，开始精美的晚餐。乐队奏起了Rod Steward（洛·史都华）的深情歌曲：Have I told you lately that I love you（我最近是否告诉过你我爱你），我们第一次共舞。虽然穿的不是水晶鞋，但那一刻我旋转进了童话世界。

在一个新的白天，我们步入布拉格歌剧院，莫扎特美妙的音乐从背景里传出。坐到包厢里的天鹅绒座位上，两百多年前《费加罗的婚礼》在此首演的情景，似在眼前闪回，观众们为莫扎特献上如潮掌声。无数达官贵人被历史遗忘，而一生为柴米忧愁的莫扎特却赢得永恒。

走过以扬·聂鲁达命名的老街。扬·聂鲁达，布拉格最伟大的诗人……"他的全部创作几乎都散发着这座城市的气息";踱入老城区,街景曾在电影《生命中不能承受之轻》中出现。米兰·昆德拉说:"也许最沉重的负担同时也是一种生活最为充实的象征,负担越沉,我们的生活也就越贴近大地,越趋近真切和实在。"而布拉格,何尝不是在历史变迁的沉重中愈发充实?

卡夫卡出生的房子,如今成了博物馆。卡夫卡生前孑然一身,从未因写作而荣华,被认作标奇立异的怪人。Kafkarna一词成为捷克人的日用语,意为"痛苦的境况"和"徘徊于荒谬之中"。透过一扇小窗,看到不远处正是卡夫卡笔下那神秘莫测的"城堡"。也许布拉格已印证他的梦想,但他做梦也不会料到,他的博物馆有朝一日会成为布拉格的名胜。

那一瞬镜头特写潸然下落的泪,替所有为文学挣扎过的灵魂而流淌……

每人心中都有一座城堡需要攻打,但幸运的是,我们再无需孤独作战。

坐进露天咖啡屋,仰望对面五百多年前手工制作的精美天文钟。天文钟见证荣辱兴衰,从战争、大洪水和其他灾难中幸存,至今仍准确无误地报告时间。整点到了,天文钟上方的窗户自动打开,一旁的死神开始鸣钟,耶稣的12门徒在圣保罗带领下——现身,使我不由自主地对生与死、历史与现实、俗世与天堂产生无穷联想……

傍晚，搭乘1915年出产的火车，观看别致的夜景。火车是从博物馆里特地租出来的，藏满城市里一个多世纪的温情；然后换坐游船，在伏尔瓦塔河上飘流，船舱里当地艺术家的手风琴演奏，把捷克民族的热情融入了美酒的沉醉。

游船靠岸，踏上布拉格最古老也最完美的桥：查理桥。伫立在桥两侧的历史上的保护神和圣徒雕像，注视着我们，两个寻求现世欢乐的凡人，长长地亲吻，终于镜头在此定格。

布拉格在记忆中有了双重意义：爱与神秘。想起电影《卡萨布兰卡》中那句著名的台词："我们永远都有巴黎"，不管故事如何继续，弗兰克和我永远都有布拉格……

二

布拉格城堡极其豪华。正如世间所有的豪华，都被简朴所衬托，在城堡脚下，也有一条宽不到一米的陋巷。小巷建于15世纪，名字倒很气派：Golden Lane（黄金小巷）。据说早年为王公贵族打造金饰的炼金术士居住于此，因而得名。在19世纪之后，小巷逐渐变成贫民窟。这里的11间彩色小屋，间间都有历史意义。其中蓝墙红顶的22号，是作家卡夫卡的故居，门口墙上还挂着卡夫卡的名号，使得黄金小巷名声大振。现在它是一家小书店，成为世界各地游客热衷拜访的地方。

如果细数布拉格对人类文化的贡献，卡夫卡应是其中之一。法兰兹·卡夫卡（Franz Kafka 1883-1924），出生于布拉格老城区的一个犹太人家庭，以德语写作，一生绝大多数时间都生活在布拉格，最能代表布拉格。卡夫卡的作品虽然名扬世界，被翻译成几十种语言，但他在故乡的遭遇令人伤感。他曾是一个孤独的异类，无人对他在文学上的创新喝彩。他的作品被历届捷克政府禁了80年，今年年初终于首次出版，重见天日，布拉格人也逐渐开始以他为骄傲。

走进22号小屋，难以想象卡夫卡当年怎样在这间低矮窄小的屋子里写作，一颗与文人相通的心忍不住地痛起来。买一本《城堡》，权作纪念。

三

在布拉格城外的Archduke Ferdinand（斐迪南大公）城堡里，看到一张小茶几旁边摆着两把颜色、质地相同，却高矮不一的椅子，很诧异。据导游解释，在中世纪时的奥匈帝国，每人都有一把根据自己身高特制的椅子，这样与他人相对而坐谈话时能保持眼神交流。人们旅行要带着自己的椅子！

中世纪是欧洲历史上最黑暗的时期之一，没想到那时人们竟如此重视眼神交流。也许因为身体的其他部分都被捆绑了，唯有眼神是无法被束缚的。

这令我联想到一位加拿大朋友的亲身经历。她在中国重庆乘船旅游，船靠码头，艄公伸手扶助每一位乘客上岸。因为语言不通，她期待地望着艄公，希望透过眼神表达感激，可他低着头，无论如何都不肯看她一眼，令她焦灼、遗憾，至今困惑不解。对于她，注视一个人的眼神，才意味着肯定一个生命的存在。

以眼神沟通，是人与人之间交流的特殊方式，有时比语言表达更有效、更传情。面试时保持眼神交流，可以表现出自信和对面试者的尊重。一个眼神畏缩的应试者很难得到就业机会；演讲时正视听众，才能获得热烈响应；在情人之间脉脉的注视更不可缺少。真情与关怀，常常是从眼神中泄露出来的。爱情可以用多种方式表达，而真诚的眼神是最让人心动的一种。

现代人谈话，坐的常常是相同高度的椅子，但不管是仰视还是俯视对方，不可中断眼神交流。

阿姆斯特丹的金色麦田

永恒的金色麦田

十月里一个乍寒的日子，在阿姆斯特丹参观凡·高博物馆。天空灰黯，秋雨淅沥，一如凡·高早期画作所描绘，但当我走近他在法国创作的油画时，浓烈的色彩和极富表现力的形体，使我忘记了窗外的世界。

凡·高的创作力非常旺盛。在1880到1890十年间创作出八百六十多幅油画，一千二百多幅素描。凡·高博物馆收藏有二百幅油画，五百多幅素描。以前在画册上看过的大师之作，此刻就在眼前：向日葵、桃花，还有麦田……刹那间被强烈的色彩，和色彩中蕴藏的激情所冲击，心禁不住一次次颤栗。色彩，辉煌的、未经调和的色彩，是凡·高唯一的深爱。世间很少有艺术家对色彩的理解能比他更透彻。为了深刻表现自我，他随心所欲地运用色彩,创造出独一无二的色彩语言。他还说过,不仅是色彩,连透视、形体和比例也都变了形,他以此来表现与世界之间的极度痛苦、矛盾但又真实的关系。

在凡·高的"麦田系列"中,法国南部小镇阿尔深秋的麦田滚动着阳光般的金黄。《麦田》是凡·高的绝笔之作。画面中,在湛蓝的天空下麦浪随风低语,倾诉对生命的热爱。俗世里没有凡·高的归宿,他只是穿越而过,展现惊人天才,最后在同一片金色麦田上对自己扣动了手枪扳机。生,醉于色彩;死,归于色彩的怀抱。

但凡·高笔下的色彩穿越了世纪的阴郁,得到永恒。

那一片金色的麦田,还在守望⋯⋯

阿姆斯特丹的灯红酒绿

用"灯红酒绿"形容阿姆斯特丹,很准确。在Dam(戴姆)广场附近的街巷上散步,随处可见闪动神秘与诱惑之光的"红灯"。每一转身,几乎都会看到一家酒吧。在每家酒吧的屋顶上都高悬着一个硕大的Heineken(喜力)绿酒瓶,算为"酒绿"做最佳注解。荷兰的船运业在19世纪十分发达,港口非常繁忙。因为要等货物卸船,商人们百般无聊,便借酒消磨时间,于是众多酒吧应运而生。船上的水手一旦上口岸,便要买欢,红灯区也逐渐形成。红灯区如今已成为阿姆斯特丹的一道独特风景。

阿姆斯特丹以开放的性态度和性文化著称,被冠以"情色天堂""性都"的别名。在大街上所有能竖起来的东西,几乎都是依照男性生殖器的外形而设计,就连小桥的护栏看上去都格外阳刚。在阿姆斯特丹,万事似乎都关风月。林林总总的性用品商店、花样繁多的情色表演,把性爱推崇到夸张程度。阿姆斯特丹人说,情色消费者大多是来自世界各地的游客。这些人出于好奇也好,寻求刺激也罢,每年都在灯红酒绿中抛撒银两。情色,可以说是阿姆斯特丹城市经济的支柱之一。

阿姆斯特丹是不眠之城。在夜晚,七彩灯光映射在宁静的运河上,营造出浪漫氛围。阿姆斯特丹的一百六十条运河,和令人惊异的一千二百多座桥梁,给城市增添着灵气。临水而饮,对桥当歌,多少游人醉不知返!

密室里的日记

14岁的犹太女孩安妮·弗兰克,在二战期间为躲避纳粹迫害,和父母、姐姐还有另外4人躲进了阿姆斯特丹一幢办公楼的密室里,并在那里生活了两年。安妮在这两年中坚持写日记,描绘藏匿者的日常生活,细腻地表现了他们在孤立处境中的恐惧。1944年,藏匿者被出卖,德国秘密警察把他们送进犹太人集中营,只有安妮的父亲奥托·弗兰克幸存了下来。

奥托几经周折,在1947年把安妮的日记整理出版。纽约百老汇在1952年把安妮的故事改编为话剧,搬上舞台,随后此剧在柏林上演。在柏林,当最后一场落幕后,全场观众陷入了绝对的沉默。没有鼓掌,没有议论,甚至观众之间也不曾有眼神交流,所有的人默默地退场……安妮的故事震撼了德国人,震撼了世界。根据安妮日记改编的电影获得了3项奥斯卡奖。迄今为止《安妮日记》已被翻译成60种文字。

1960年,密室所在的王子运河街263号,被命名成为"安妮·弗兰克之家博物馆",如今每年接待100万参观者。不论风吹雨打,每天都有许多人耐心地站在门外排队,在窄小的安妮之家里伫立几分钟,为凭吊纯真无辜的女孩,也为世间所有遭受种族偏见、歧视和人权侵犯的人们。

安妮在她的日记中写道,"不管发生了什么,我还是相信人心总是好的……"

从景泰蓝到德尔夫特蓝瓷

阿姆斯特丹的RIJKS博物馆,收集了荷兰黄金时代的四百多件艺术品，每一件都有特殊价值，但最吸引我目光的是一组四五百年前的瓷器。这组瓷器包括中国的景泰蓝和荷兰的皇家德尔夫特蓝瓷。我惊讶地发现闻名世界的皇家蓝瓷竟源于中国的景泰蓝！

欧洲人认识中国几乎是从瓷器开始的。China是中国，也是瓷器。在明末清初的80年间，荷兰人就购买了一千六百多万件中国瓷器。那时中国特制许多供应外商的瓷器，根据国外订户提供的样本制作造型和图案纹饰。荷兰德尔夫特17世纪开始生产专门模仿中国青花瓷器的白釉蓝彩瓷器，并很快把产品销售到欧洲各国。在RIJKS博物馆中的一些景德镇青花瓷器上，画的是荷兰的水车和磨坊，风景如同荷兰著名画家伦勃朗的铜版面。虽然景德镇的匠师们从未到过荷兰，但他们按照荷兰铸币上的风景绘制，却模仿得十分逼真；而有些德尔夫特瓷器上的图案，竟是中国的亭台楼阁、小桥流水、柳树花卉。

在很多年前，西方就遭遇东方。两种文化的交流在这里得到了奇妙的表现。因为交流，文化得以保存、延展、深化。遗憾的是以生产景泰蓝为主的北京工艺美术厂，在2004年走完46年的历程，因为资不抵债，被裁定破产。而德尔夫特蓝瓷被摆在荷兰无数艺术品店的精美橱窗里，标价不菲，一个小圆盘售价一两百欧元，为世界各地旅游者所钟爱。

海明威的海

在见到海明威故居之前，先见到了大片的海。

驾车从佛罗里达州的棕榈滩出发，经迈阿密，转上"世界最美的跨海高速路"——美国1号公路。陶醉与恐惧并生。左窗外是大西洋的湛蓝，右窗外是墨西哥湾的碧蓝，阳光、天空、海水相拥而来，棕榈树柔枝拂面……路是狭窄的单线，在有些地段海拔不到一米，担心强风骤起，把自己吹落到大海里。

八十多年前，海明威决定搬离内陆，是不是受了海的吸引？

经过几十个风景各异的礁岛，终于抵达天涯海角：美国最南端的西礁岛。西礁岛距离古巴仅100公里，面积也不大，长夏无冬，居民不过25000人，但每日来自世界各地的游客近两万人。同性恋者尤乐于在此欢聚，享受自由平等的"天堂感觉"。

海明威离开西礁岛七十多年，但似乎无时不在。在岛上随处可见他的画像，很多人装扮成他饮酒狂欢。他和第二任妻子帕琳的故居，白头街907号，是最吸引游客的景点之一。西班牙式的二层楼房，被漆成奶酪色，墨绿的屋顶和草绿的木窗板，与花园中的热带亚热带植物相互辉映。起居室的墙上挂着海明威的照片：清秀少年，才俊青年，硬朗中年，难怪他在每个年代都被推崇为偶像。

最令游客驻足的，是后院客房二楼的书房，海明威的最爱，有人甚至发誓见过他的鬼魂在此游荡。书房光线饱满，透过窗户，可以看到翠绿的棕榈树，隔街高耸的西礁岛灯塔。四周是半壁高的书架。海明威读莎士比亚和其他著名作家的巨著，还欣赏莫扎特的音乐、戈雅和谢赞勒的画作，从各种艺术中汲取滋养。墙上悬挂的鹿头和大鱼标本，是他冒险生涯的纪念物。海明威每天早晨六点钟必定起床，在书房里写作到中午。他有一台皇家牌打字机，但很少用，喜欢用铅笔写作，因为便于修改。据说他写得最顺手时一天用了7支铅笔。从1929年到1939年，他创作了《午后之死》《丧钟为谁而鸣》《非洲的青山》等长篇小说，还有《乞力马扎罗的雪》等著名短篇。他用17个月创作了《丧钟为谁而鸣》，脱稿后天天都在修改，清样出来后，又连续修改96个小时，没有离开书房。他用一捆铅笔，写出文学史上多彩的辉煌。

离开海明威的故居，驾车不用五分钟就到了海边。

搭上游船,立即置身于墨西哥湾的碧波之上。

海明威在西礁岛居住的10年间,几乎每天下午都驾船出海捕鱼。一天不出海,日子就等于虚度。他多次遇险,曾被古巴渔民富恩斯特搭救过性命。后来他经常和富恩斯特一起捕鱼,结下深厚友谊。1930年,富恩斯特曾钓到过一条过千磅的大鱼,不料遭遇鲨鱼袭击,只带回一副鱼骨。二十多年后,海明威根据富恩斯特的经历写成中篇小说《老人与海》,给世人留下名言:"人可以被毁灭,却不可以被打败。"他还因此作获得了诺贝尔文学奖。一部伟大作品的产生,有时要经过几十年的无声酝酿,我想,甚至要等到人生海浪的彻底平息。

在茫茫的大海上捕鱼,想必孤独。也许文人需要更多的是孤独,而不是喝彩。海明威1954年在诺贝尔文学奖授奖演说中有一段精彩表述:"写作,在最成功的时候,是一种孤寂的生涯……一个在稠人广众之中成长起来的作家,自然可以免除孤苦寂寥之虑,但他的作品往往流于平庸。而一个在岑寂中独立工作的作家,假若他确实不同凡响,就必须天天面对永恒的东西,或者面对缺乏永恒的状况。"

有什么能比大海更代表永恒?海明威是不是执意"天天面对永恒的东西"?

船上的游人早已半醉,在轻摇滚音乐中且歌且舞,几乎没有任何酒量的我,却无可救药地清醒着。

美国著名剧作家威廉姆斯·田纳西也曾在西礁岛住过多年。他以《欲望号街车》《热铁皮屋顶上的猫》等剧作震动全美。按理说海明威和田纳西应该惺惺相惜,常聚首切磋文艺,但他和田纳西只在古巴见过一次面。许多人断言,反同性恋的"硬汉"海明威和同性恋者田纳西不可能相容。不同谋便不靠近,想必也是聪明之举。也许接近自然比接近同类更舒坦。

太阳慢慢地向天水交界处滑去,海的颜色渐渐变深,把白日里所有的捕获和挣扎归入含蓄。那享誉世界的西礁岛的落日,正如海明威在《老人与海》中所描写的,"在水中变幻出奇异的光彩"。

入夜的西礁岛酒绿灯红。游客在街上兴奋地攒动,提着啤酒瓶边走边喝,而音乐声无不荡漾着火辣激情。Greene(格林)街上的"托尼船长酒吧"(曾名为"邋遢乔酒吧"),有烈酒和女人,当年令海明威夜夜流连。酒吧里悬挂着成百上千的文胸,是各色女人醋醉后的留念。海明威饮酒至深夜,靠灯塔的指示,才能找到回家的路。

海明威似乎过着三重生活:作家、冒险家、酗酒者。他在经历了战争的腥风血雨之后投身写作,同时寻求冒险。他到奥地利滑雪,去古巴捕鱼,到非洲野游,甚至去西班牙尝试斗牛。写作和冒险,都不能使他从家族遗传的抑郁症中解脱，于是酗酒。他在身体上企求生存，却在心理上渴望死亡。20世纪六十年代，他自觉才思耗尽，而失去文学，就意味着失去生命。他开枪自杀，令世人悲痛、失望。他说过"在压力下，更要保持优雅"。但没能保持人生最终的"优雅"。也许对作家的期待，不可以超出对凡人的期待。海明威的冒险精神、坚强意志、享乐生活，还有忧郁迷惘的情绪，都融入他的作品，造就他也毁灭他。

四天后，我在清晨离开西礁岛。太阳照常升起。将回到加拿大平静的书房里，回到一个"非作家"的写作状态中，只在记忆中添一片湛蓝一片碧蓝的海，海明威的海。

童话中的蕾丝小岛

蕾丝永远受女人青睐。

威尼斯郊外的泻湖岛Burano(布拉诺)以出产手工蕾丝闻名,每年吸引来自世界各地的众多游人,尤其是女人。在船上远远地,就望见了倾斜的钟楼塔,原来在意大利不止比萨有斜塔,布拉诺也有。蕾丝一如想象中的美丽,在店铺的门窗里优雅地摇摆着。从五六世纪起陆续有人移居到布拉诺岛,男人出海打鱼,女人在家无聊,便一针一线地精心刺绣。蕾丝其实是思念和寂寞的产物。但令我眼前一亮的不是蕾丝,却是岛上的风景。房子一律精巧、明丽。据说当地政府要求居民每年粉刷房子,甚至还要上报,而政府以意大利"黄金时代"的颜色选择为标准严格审批。

一个太阳流金的午后,一片片光圈在运河的微波上跳跃,像童话里的精灵。彩屋靓船,小桥流水,每一转身都是一幅画。躲开游人,走进洁净而安静的小巷。小巷狭窄,伸出两手指尖就可触到两边的墙。每家的门窗上都悬着多彩绚烂的花篮,挂着图案雅致的布帘,还有独具匠心的饰物,把一屋子对生活的热爱大胆地泄露了出来。

走出小巷,就到了钟楼塔旁的圣马蒂诺教堂。那天正赶上意大利作曲家巴尔达萨莱·加鲁皮(1706-1765)艺术节。原来加鲁皮就出生在当地!一位音乐家将在两个小时后在这家教堂里演奏他的作品。蓦然回首,发现贯穿小岛的大街正是以这位作曲家命名的。我和弗兰克决定放弃游览另一岛屿慕拉诺,留下来听音乐会。因为不期而遇和一时兴起,生活中会多一些惊喜吧。

圣马蒂诺教堂低调、简朴。听音乐会的大多是当地人,穿着正式的服装。加鲁皮几乎被现代人遗忘,可在他的故乡这个只有4000居民的小岛上, 还有人纪念他,这令我感动。我多年在寂寞中对文学的坚持,或许也是为了日后微小的纪念吧。音乐家是谦逊的,没有显赫声名,自然也没有名家的倨傲。他坐在二楼庞大的管风琴旁几乎渺小,却在音乐中倾注了朴实、纯粹的激情。他演奏的是加鲁皮的奏鸣曲,还有吉欧凡尼·费尔特等其他几位意大利古典音乐家的作品。

在有着千年历史的教堂里,音乐从管风琴里自然地缓缓流淌。门竟是开着的,夏日的微风徐徐而来,但并不惊扰音乐的旋律。从未感到和一位古典的音乐家如此贴近。门外的街是加鲁皮走过的,想必当年的夏风也如此和煦。加鲁皮,一位渔民兼小提琴手的儿子,穿越了小岛上海鲜市场的喧闹,在波涛声中获取灵感。他一生创作了一百多部歌剧,被称为"喜歌剧之父",而他的奏鸣曲清新、流畅,几乎是小岛童话世界的艺术再现。在佛罗伦萨和威尼斯,豪华的宫殿和教堂令我赞叹,可布拉诺岛的管风琴乐却给了我对艺术的最细腻的感受,似一滴滴魔水,让艺术情怀的花朵倏然开放。往日生活的许多场景在眼前闪过……也许因为身处暗哑现实时不曾沉落,才能在心境安然时体味天籁之音。

　　音乐会结束,离开教堂,回到威尼斯大运河的岸边,看到夕阳在水上流彩的金晖,那似乎是管风琴乐的完美延续……

天津·青春渡口

2012年初冬从加拿大回中国，打算顺路去天津。我先生弗兰克想看看南开大学，因为我在那儿读过本科和研究生，我准备拜访几位亲朋好友。游览并不在计划之中，所以在出发之前我没上网搜索名胜。心里暗想，即使游览，在那座生活过七年的城市里，还不是轻车熟路？况且弗兰克是"老外"，到了中国看什么都新鲜，无需我费力劳神。

从北京南站坐动车，还没读完一个短篇小说，火车就进入了天津东站。东站簇新，灯光明灿，大理石地面洁净，令我不知所措。这怎么会是我站立过的站台呢？在记忆中，多年前挥手惜别同窗好友，站台永远幽暗、甚至哀愁……出了火车站，乘出租车到街上。街道几乎比二十年前加宽一倍，路两旁是无休无止的摩登高楼。车过海河上的永乐桥，摩天轮猝不及防地闯入视线，我简直经历一场"新文化休克"。

第二天，特地步行到永乐桥，近距离观赏那全世界唯一建在桥上，被称做"天津之眼"的摩天轮。据说在摩天轮上的每个盒子里都装满幸福，所以仰望它，意味着仰望幸福。我早已过了轻信传说的年纪，但无法否认沧桑巨变引起的心灵震动。当年在海河边一次次漫步，吟咏过朦胧生愁的诗句，无奈海河有些污浊，散发出的气味令人不敢恭维。可此时的海河，碧蓝澄澈，气息清爽，微风从水面拂过，又添几分柔美！河面上浮动欧式建筑的倒影，令我一时不知身在何处，恍然若梦。

在城市里游转，迷失，但惊喜不断。与其说忙于寻新，不如说醉于觅旧。我只能靠街名和记忆中的城市联系起来，滨江道、南京路、和平路……庆幸的是拆迁虽大张旗鼓，但五大道上的异国建筑、清真寺、古文化街附近的天主教堂，当然还有著名的西开教堂，都被保存了下来。因周围建筑被拆，它们看上去像繁华中心的寂寞孤岛。当与天津小吃相遇，故事就有了转机。狗不理包子、十八街的麻花、耳朵眼炸糕，还有果仁张……在短短的时间内一一品尝。记忆没有欺骗我，舌尖上熟悉的味道，终于牵我回到了食品永远飘香的城市。我不得不感叹，走过千山万水，改变不了一副中国肠胃。当年被小商小贩占据的滨江道，如今变成了商厦林立的步行街，可以和许多国际大城市的商业中心媲美。读大学的时候，不止一次到滨江道的衣服摊上"淘宝",当然"淘宝"这个词在多年后才流行……每一代人都有各自的激动和追寻。

思绪在新与旧之间盘桓。回到宾馆，我不止一次上网搜索天津的老照片，向弗兰克展示，恨不能生动描绘出今夕对比。最让他惊讶的，不是城市景观，而是我在一夜之间宣称天津为"My City（我的城市）"。我读书时张扬追梦，对看重享受的天津不甚钟情。当雄心消散，才感觉市井间的悠闲与自在如此顺和心意。

走进南开大学，发现大中路两旁的小树已耸入云天。十年树木，何况二十年光阴荏苒。我寻到了更多的旧日痕迹，湖边的图书馆，我上过很多课的主楼101教室，住过的15号宿舍楼依然伫立。只不过从宿舍楼里拥出的，是风华正茂的90后。据说南开大学要搬到郊区去。下次重访母校，校园内会是另一番景象，这让我不免有些怅惘。

随意地在一家咖啡馆里坐下来。咖啡馆把圣诞树装饰得炫丽缤纷，还不可思议地提前一个月播放圣诞歌曲！侍应生，那可爱的戴圣诞老人小红帽的女孩，端来了美国咖啡。咖啡价格不菲，但味道醇正。邻桌有两位棕色皮肤的留学生，正全神贯注地练习汉字发音。多年前外国人出现，会引起众人关注，现已不足为奇。那时世界很大，如今世界很小。东方人拥抱西方文化，西方人追逐东方梦想。这一切，都已超出了当年的想象。

与一座城市的重逢，可以这般耐人寻味。天津，别名"天子渡口"，而对于我，是青春渡口。生命中那躁动不安的船，曾从这里起航。当我告别韶华，城市却换了新颜。

这一次离开，心有别样的不舍……

天涯海角兀自美丽

加拿大的纽芬兰岛进入我的视野,缘于一本书。

2003年,我从美国搬到了加拿大,一无所有、举目无亲,靠在中餐馆打工的收入支付房租。圣诞节前,我的美国朋友凯西寄给我一份礼物:安妮·普鲁的长篇小说《船讯》。小说出版于1993年,后被改编为同名电影,讲的是美国的小报记者、三十几岁的奎尔的故事。奎尔貌丑笨拙,经历过两次失败的婚姻,生活上难以为继,和他的姑妈一道,带着两个年幼的女儿搬回老家,纽芬兰海岸边的一座40年无人居住的小屋。奎尔在当地小报谋得一份职位,摈弃枯燥的船讯报道,讲述船主们感人的生活故事,吸引了众多读者。他与身边的一群边缘小人物互相援手,一点一滴地重塑自信、重建生活。凯西凭此书向我传达讯息:欢喜终会替代眼泪,命运敲两次门。

《船讯》中描述的海空艳阳和风霜雪雨在记忆中挥之不去。"纽芬兰"(Newfoundland)一词在英文里拆开为

New Found Land,意为"新发现的土地"。在过去的五个多世纪里,不同族裔的人怀着梦想登陆那片土地,寻求生命中的新发现。

在10年后的夏季,我与另一位"边缘小人物",我的先生弗兰克,开始了为期12天的纽芬兰之行。

圣约翰斯港和信号山

我们在7月中旬乘飞机从多伦多出发,三个多小时后抵达纽芬兰和拉布拉省府所在地圣约翰斯,北美最古老的城市。1497年,意大利航海家约翰·卡伯特惊喜地发现这个依山傍水的港口,后来英国人在此正式建城。

从飞机上俯瞰,圣约翰斯躲在雾雨的面纱背后,似隐似现。下了飞机,取了事先订好的车,我们在安静的新区里穿行。街两旁是一幢幢独立的木屋,屋前的小花园里有鲜花绽放。天空像一块偌大的调色板,被一双神秘的手慢慢地把暗灰涂抹成蔚蓝。在港口停了车,走出来,就一步跨入奇妙的世界。一边是碧蓝的海水,水上浮着各式轮船;另一边是陡峭的街道,街上布满色彩鲜艳的房屋。两百多年前建成的圣约翰大教堂神秘高耸,维多利亚时代的建筑典雅伫立;而在远方,一道彩虹衔接纯净的天空和青葱的山峰。在那一刻,我对从前无数的探险者、海盗、军人和发明家在此流连忘返有所理解。

吃晚饭自然要在著名的乔治大街上挑一家餐馆。侍应生是一位高壮的年轻人，热情朴实。他的前辈在海上世代历险，但他对饮食似乎缺乏"冒险精神"，向我推荐炸鳕鱼块或汉堡。身在海岛，哪有不吃龙虾和海蟹的道理？结果他端来的一盘海鲜足够我吃上一天。圣约翰斯人沿袭盎格鲁人、爱尔兰人、法国人和原住民的传统，说话夹杂土音。弗兰克虽出生于荷兰，但两岁时移民加拿大，学的第一语言是英语，对非标准英语颇感困惑。我因多年前在美国和外国人一起学英语，理解纽芬兰人的土音和不规则语法似不费力。由此我联想到许多移民因"土音"自卑，对不能融入主流耿耿于怀，其实"主流""边缘"的概念早已模糊，只要彼此相处和谐，不亦乐乎？

第二天，我们乘坐游览车来到信号山脚下，开始攀登。青草一路铺展，柔软如毯。到了顶端俯瞰，一面是波澜壮阔的大西洋，另一面是遮风蔽浪的海湾。500万年前，地壳的隆起形成石灰岩山坡"信号山"，如今悬崖仍在天空和大海之间勾勒出惊心动魄的美丽。16世纪初，欧洲渔民开始远渡大西洋，来到附近捕鱼，最早是葡萄牙人和荷兰人，后来是英国人和法国人，可谓你方唱罢我登场。信号山居高临下，位于北美大陆最东端，当仁不让成为军事和交通要塞。英法两国为争夺水域和沿岸岛屿,展开了长达数百年的战争,最终以法国失败而告终。1949年, 纽芬兰岛作为最年轻的省份加入加拿大联邦,确立省府圣约翰斯。信号山由军队把守,游客也要接受军人检查。

在信号山上,通讯手段的变迁,演绎了一部人类通讯的历史。在最早期,信使站在高高的山头上,挥动彩旗为船只导航,后来灯塔和信号灯被采用。1901年,航海通讯专家古列尔莫·马可尼将一只装有天线的风筝放上天空,风筝飞到超过500英尺的高度时,接收到了从2000英里之外的英格兰传来的摩斯电码,震惊全世界,开启了世界通讯事业的新篇章。有趣的是,在今日的纽芬兰,人们对无线通讯并不热衷。因为缺少罗杰斯电讯网络的覆盖,我的手机在"信号山"上失去信号。我索性关机,不再考虑工作上的事情,开始真正意义上的休假。让心休假,在通讯无比发达的年代是多么弥足珍贵啊。

鸟岛和风景小路

第三天,我们到圣约翰斯南部的一个名叫"海湾"的海岬搭乘游船。游船开出大约半小时,远远地看到了一座被大西洋环绕的海岛。岛上草木繁盛,还闪烁着点点白辉。莫非这里7月飞雪?游船渐渐靠近。天哪!那点点白辉具象成密密麻麻的海鸟！这就是著名的鸟岛，鸟的王国！

海岛上岩石密布，石上松软的泥土适合海鸟筑窝搭巢。海水中鱼产丰富，可供海鸟捕食。每年春天，大约七万多只海鸟到岛上栖息，产蛋育子，把这里当作夏日家园，其中主要有塘鹅、黑凫、海鸥、海鸭、海雀等。到了秋天，它们又迁往万里之外的南美洲过冬。年年岁岁，周而复始。

游船熄了马达，在海面上漂浮，惟恐惊扰了海鸟们的日常生活。这是我第一次在同一地点见到如此多的海鸟，差一点"动物休克"。弗兰克是鸟迷。靠近鸟岛对他而言无异于靠近天堂。他一再说，鸟和人的基本愿望没有巨大差别。峭壁上成排的鸟巢，像房屋一样。鸟儿们辛勤地劳动，卖力地加固自己的小窝，只为实现家园梦；一对恋爱中的小鸟，彼此亲昵地抚吻对方的头发。一对黑凫凌空而飞，夯开翅膀，怒视对方，然后两喙对击，缠打在一起，这跟人与人的相互攻击十分相似。人和动物同在大自然中谋取生存，哪有不和平共处、相互尊重的理由？

第四天清晨，我们取了预定的房车。房车里床、餐桌椅、厨房设备、洗手间、浴室一应俱全，简直是一座流动的房屋。我们很快上了"横贯加拿大"的高速公路。雾，遮着天空，盖了大地。我只能看到车灯照射到的一小片路面,我一再建议停下来,但弗兰克说,如果你不喜欢纽芬兰的天气,等待一刻钟,它就会变。果然,雾很快散去,路旁的湖水和彩色的木屋逐渐明朗,葱郁的树木一排排闪过,连绵不断。

我们抵达了雷克斯顿港,随后停了车,踏上北美著名的Skerwink(斯盖温克)海边风景小路。小路时而蜿蜒升上山岭,时而曲折降到海边。无论前瞻,还是回首,映入眼帘的总是明信片上的秀丽风景。在海水平静处,岩石的倒影清晰可见。山岭上树木滴翠,覆盖着野花和浆果灌木,林间时有老鹰飞过。站在海边高耸的岩石上,俯视湍急的涡流,不禁心惊肉跳;而坐在"音乐岩石"旁歇息,倾听海浪拍击演奏出的音乐,又顿觉心清气爽。

风景小路长约五公里,有些路段十分艰险,甚至要手脚并用。我们遇见了一行四位女性,年长的一位来自安省,已过八十岁。她气喘吁吁,感叹第一次在此远足,也许是最后一次,但见到了少有的人间美景,今生无憾。

邦纳维斯塔湾和特威林盖特半岛

沿途被废弃的渔村,早已退去了往日辉煌的鳞片。纽芬兰人世代以捕鱼为生,但在几个世纪的肆意捕捞之后,特别是20世纪五六十年代大型机械化拖网渔船出现后，附近的鳕鱼越来越稀少，到20世纪九十年代渐渐消亡。纽芬兰的经济从此一蹶不振，直到近年在省内发现石油，才有所回升。当人们不再珍惜大自然的赠予，开始疯狂掠夺时，也就断了自己的后路。这样的戏码在纽芬兰上演过，如今在世界的许多地方仍在重复。

沿着235号公路一直开，到了没有路的地方，攀上巨大的岩石，抵达邦纳维斯塔湾。一座红白两色的灯塔立在不远处的山崖上，在晴空下格外醒目。

从房车的冰箱里拿出在海鲜市场买的北极虾，做一盘虾炒饭，然后坐到海边的野餐桌旁享用，配一杯绿茶。天高云淡，轻风拂面，在青草和野花的香气中间，没有什么比中国餐更可口。大嘴巴的海鹦自由地飞来飞去，呆萌可爱。黑羽毛、白腹、橘红的嘴巴和脚掌，形成强烈的色彩对比。它们崇尚"集体主义"精神，不论在迁徙途中，还是在栖息地，总是成群结队。在海鹦成群的地方，常常会有鲸鱼，因为海鹦和鲸鱼捕食同一种毛鳞鱼。果不其然，偶一回头，正撞见一条驼背鲸从海水中探出头，随后它捉迷藏般潜入水中。过了一会儿，鲸鱼又探出头来，雀跃舞蹈，为我们两位偶然的过客忘情地演出。据当地人讲，不止驼背鲸，小须鲸、长须鲸和露脊鲸也经常在这里出没。热爱观看鲸鱼的人们，无需下海远行辛苦寻觅，只需坐在邦纳维斯塔湾，静静等候。

我们离开邦纳维斯塔湾，穿越窄窄的公路，来到了风景如画的半岛特威林盖特，世界著名的冰山之都。每年初夏，大约有四百座冰山，在从格陵兰到巴芬湾的漫长行程中，途径附近海域，吸引世界各地的游客前来观看。因是7月，冰山大多已消失，但幸运的是我们刚一到海边，就看到了冰山！冰山在太阳下散发着水晶般的光芒。我不禁联想起海明威的"冰山原则"。海明威把文学创作比做漂浮在大洋上的冰山，"冰山运动之雄伟壮观，是因为它只有八分之一在水面上。"而猜测冰下的"八分之七"，永远令人兴趣盎然。

有人说到纽芬兰要看石头，这话一点不错。半岛上的石头形状各异，常年经受风霜雪雨，还有海浪的冲击，有的泛白，有的穿孔，每一块似乎都有一段刻骨铭心的故事。夕阳在天空慢慢俯下头，轻轻吻来，给石头镀上一圈圈温柔的金辉。

原来石头也会令人落泪……

格罗莫讷国家公园

顺着"横贯加拿大"高速一路向西，我们进入了格罗莫讷国家公园。公园为世界自然遗产，全境约一千八百平方公里，是加拿大大西洋省的第二大国家公园，以园内的纽芬兰第二高峰——格罗莫讷山命名。格罗莫讷为法语，在此意为"孤独站立的大山"。其实大山并不"孤独"，园内有20种陆地哺乳动物、230种鸟类、逾四百种苔类和七百多种植物等陪伴。这里是动植物学家从事研究的庞大校园，当然也是令摄影家们、画家们陶醉的地方。在园内缓行，即如浏览一部地质学的教科书，翻开冰川运动产生的一页页奇观：海岸低地、高山高原、冰川峡谷、悬崖峭壁、海湾、瀑布、湖泊……亚热带植物如冷杉、黑云杉、落叶松、石南杜鹃等令人目不暇接，而海鸟们不时忽闪着自由飞翔的翅膀。

园内处处是风景地。牛头岛的名字并不浪漫，风景却如莫奈笔下的油画。穿过林中小径，骤然看到一片开阔的草地，而草地的尽头是湛蓝的大海。绿草稠密，茎长盈尺，其间缀满野花：矢车菊、蓝莓花、吊金钟、紫鸢尾花……野花大如手掌，小如指甲。海风吹过，花草翻卷摇曳。我多年来过着繁忙的生活，很少这样细细地观察野花的绽放，倾听浪花的浅唱。在海边山崖上，有两把红色的木椅子。椅子是空的，低调宁静，让人好想放弃大城市的所有喧嚣，从此坐到上面，安度余生。

转天夏雨绵绵，我们走访高地。两片大陆在此相遇，一片布满棕岩，曾是远古海洋的底部。5亿年前剧烈的地壳运动使海洋消失，把海底地幔推到表面；另一片布满青岩,是原始的大陆。这里堪称大陆漂移的珍稀标本。因地质环境和火星接近,NASA曾在这里做实验,筹备火星上的项目。在漫山遍野的岩石上缓行,仿佛置身于科幻电影中的场景。真实的世界那么遥远,又那么虚幻。远处的山顶还有积雪,融雪汇入脚下的河流。四周安静极了,听到的只有河水拍打石块的声音。海底和大陆都可以链接,生活中有什么障碍不能被消除?此刻只有我们两个人,手牵着手,便已足够。

离开格罗莫讷,我们踏上了归途,一路上仍贪恋沿途风景。我们突然意识到在所有的旅游景点,从未遇见纠缠你兜售商品的任何小贩,难怪如此享受这肃静纯粹的旅游。在历时3天、驾车长途奔袭后,回到了圣约翰斯,到皮皮公园"安营扎寨"。转天,登上了返回多伦多的飞机。俯视纽芬兰,这座"大海中布满岩石的岛屿",感慨于她无论被大自然鞭打,还是亲吻,总在天涯海角兀自美丽,而居民们淳朴真诚,我终于理解为何《船讯》中的奎尔,会在此地寻觅到爱的救赎和重生的欢悦。

我们制定过一个名单:此生一定要旅游的地方。人生苦短,其中绝大多数地方去过了,就不会重访,但我们相约:纽芬兰,我们还会再来的!

重遇蒙娜丽莎

2015年5月,法国巴黎卢浮宫。

蒙娜丽莎近在眼前。她自然地坐在一张椅子上,微笑如梦如幻,和她背后幽深茫茫的山水无声呼应。

那天,我和我的先生弗兰克特地起了个大早,选择从地铁站口进入卢浮宫。不料铁门紧锁,来自世界各地的几百游客,在窄窄的通道里踱步,身体发散出隐隐激动的热气。8点30分,身着制服的保安打开大门,众人鱼贯而入,怀着冲破巴士底狱般的欣喜。按照指示图,我们在这座占地面积4.8公顷的"迷宫"里迅速地穿行。任由画像上半裹绫罗的女人们倏忽而过,避开玉体的光芒,终于,看到了蒙娜丽莎。虽然站在一米之外,隔着一层玻璃,在她的一左一右还各立一位高大的保安,毕竟赢得了安静注视的机会。

时光如风,掠过塞纳河,穿越古典的长廊,在脚下的这块木地板上即刻停顿。

中国东北小城里的一间教室，四壁黯淡。一个瘦弱的女孩，迷惑地注视着中学历史课本上蒙娜丽莎的画像。画像只有指甲般大小，黑白两色，着实难解其美。媒体渐渐转换，画像变成了彩色，在画册上、电视上不断地出现。女孩在流光中蜕变成女人，在人生路上跋山涉水，似乎一直与蒙娜丽莎天涯陌路。

真品蒙娜丽莎比想象中的小得多。几年前，我在佛罗伦萨的乌菲齐博物馆，被波提切利的《维纳斯的诞生》震撼，因为原作比画册上的照片大出若干倍。裸体的维纳斯是真人的尺寸，一头长长的金发优雅地遮住隐私部位，肌肤如雪，红唇如莓果，美得耀眼。蒙娜丽莎呢，素净甚至保守，一派淡然。可在过去的五个世纪里，世间有几个女人可以和她抗衡？她被不同种族的人不停地欣赏、阐释、甚至以科学手段解析。她的面部比例符合黄金分割原则，右手润泽，被誉为"美术史上最美的一只手"。由此我不再因真品尺寸耿耿于怀。我在几十年的光阴里朝山进香，终于完成了一次对美的膜拜。

我与蒙娜丽莎两分钟的独处被蜂拥而来的游客打断。一时间相机和手机拍照的咔咔声，还有高谈阔论声把她面前的空地变成了集市。我甚至被推搡到一旁，只好转身离去。

一个星期后，我们乘火车来到法国的后花园卢瓦尔河谷,住进了昂布瓦斯附近的一座乡间别墅,随后在童话般的香波城堡、舍农索城堡和维朗德里城堡流连了两天。假期结束的前一天,在一本介绍景点的小册子里,偶然发现克洛吕斯城堡是达·芬奇的最后居所,其公园更以达·芬奇命名,而它距离度假屋只有5分钟的车程!我们在旅游前永远制定好周密的日程表,很少心血来潮改变计划,但既然无意间做了一回达·芬奇的邻居,若不登门拜访,实在辜负先贤。

克洛吕斯城堡的主建筑是一座带旋转楼梯的八角形塔楼,连接其他两座三层建筑。城堡的外墙是用玫瑰色砖和石灰华石砌成的,风格和色彩都让我喜欢。立在城堡门口,一幅真切的画面出现在眼前:达·芬奇在1516年风尘仆仆地抵达。那年他已60岁,在佛罗伦萨似乎过得不如意,在法国国王弗朗索瓦一世的邀请下,离开意大利移民法国,当上了"游子"。他坐在骡子背上,翻过雄伟的阿尔卑斯山,随身携带着最心爱的三幅作品:《蒙娜丽莎》、《圣母子与圣安娜》、《圣·让·巴蒂斯特》。弗朗索瓦一世张开双臂欢迎他,赠予这座城堡,还给他丰厚的年俸,作为交换,只要求经常听到他的声音。在后来的三年里,弗朗索瓦一世几乎每天都享受到这种快乐,而达·芬奇在这里安心地幻想、思考和工作。

慢行于城堡里,如同进入16世纪文艺复兴时期的文化长廊,这里有精美的全套镀金木家具、威尼斯分枝吊灯、奥布松壁毯、路易十五风格的靠背椅,还有法国陶瓷。客厅光线充足,据说是达·芬奇完成《圣·让·巴蒂斯特》的画室。恍惚间,童年的他正坐在书桌旁,画着一只又一只的鸡蛋,因为每一只都天下无双。他居然坚持画蛋6年,磨出神技,可见世间没有一蹴而就的天才。工作间和科学发明模型展厅是一座丰富矿藏,展示他的天赋层面。平转桥、坦克、汽车、桨轮船、飞行器、直升飞机、降落伞等40台机器,都是根据他的原始图稿,用当时的材料制造的。他是思考世界运转机理的第一人。许多小学生在老师的带领下,每人手里拿着一张试题纸,在各个房间里兴奋地寻找问题的答案。

达·芬奇有"不可遏制的好奇心"和"极其活跃的创造性想象力"。在他的头上,不仅有画家,还有雕刻家、建筑师、音乐家、数学家、工程师、发明家、解剖学家、地质学家、植物学家和作家等桂冠。他是信息保密领域的先驱。丹·布朗的小说《达·芬奇密码》(后被改编为同名电影)把他的神秘才智推向极点。他设计的密码筒造型古典,密码的排列组合多达1千1百万种。我在IT领域内工作多年,每日面临信息保密的难题,而近几年,更因"黑客"横行而压力重重,不得不感叹达·芬奇思想超前。达·芬奇记载自己在多个领域的研究成就,集结成了《哈默手稿》，把它留在了这座城堡里。1994年，比尔·盖茨以3080万美元的价格竞购下这份手稿，以此向这位科学巨匠致敬。

透过卧室的窗口，我望见了对面的弗朗索瓦一世居住的昂布瓦兹皇家城堡。达·芬奇常凭窗眺望，想必心中一再涌起"人生有一知己足矣"的喜悦。他并不奢求永恒，写下"无人不将化为乌有"的词句；他不可思议地谦逊，临终前甚至还哭泣，忏悔自己没为艺术做出应尽的努力。1519年5月，他在这间卧室里的床上，在弗朗索瓦一世的怀抱里安然地闭上了双眼。这位信奉叶落归根的意大利人并没有回归故里。他带到法国的三幅画都被卢浮宫收藏，其中的《蒙娜丽莎》更成为镇馆之宝。

走出城堡，就进入了占地五公顷的达·芬奇公园。林间散布着根据他的发明制作的大型可操作机械。园中开满他画过的花草，池塘水的漩涡呈现禅意，在离蔬菜园不远的一段矮墙上，一只美丽的孔雀低头凝思。每一个细节都在诠释大自然赋予他的灵感。我在小径上偶一转头，再次看到了她：蒙娜丽莎！她的画像被复制到一幅大约四米见方的半透明布幕上，悬着空中，与达·芬奇本人年轻和年长时的两张画像遥相呼应。

我必须承认，多年来，严肃的长髯飘飘的达·芬奇从未让我心动。的确，我在佛罗伦萨的乌菲齐博物馆看过他的木板蛋彩画《天使报喜》，在华盛顿的国家美术馆也找过他的木板油画《吉内芙拉·德本奇》，但并不心有戚戚。我对凡·高深怀同情，见到他的作品，眼中常会饱含泪水，爱着他的苦难、狂热、才华、色彩；我惧怕毕加索，担心被他的激情烈焰吞噬，被他的肆无忌惮之笔横扫，成为一位流泪的女人，被他扭曲毁灭。在我的心目中，似乎一直没把达·芬奇和蒙娜丽莎联系起来。据说在1503至1506年间，达·芬奇受雇于威尼斯公爵，为其夫人画像，于是他在佛罗伦萨完成了这幅《蒙娜丽莎》。2012年，佛罗伦萨十五万人签名，要求蒙娜丽莎"回家"，最终没能赢得美人归。此刻，置身于结满达·芬奇的科学和艺术果实的公园里，仰视他，我感叹他的世界如此博大，内心如此清朗，由此注定了他的艺术精深永恒。

在卢浮宫里，蒙娜丽莎矜持，甚至冷寂忧伤。此刻，午后的阳光落到她的唇上，勾勒出安宁亲和的线条。她的芳芬与鲜花相拥，飘散起缕缕神韵。一千个人心中有一千个蒙娜丽莎。关于她的微笑，有人说暗示幸福，有人说象征神秘。张爱玲曾这样描述："一个女人蓦地想到恋人的任何一个小动作，使他显得异常稚气，可爱又可怜，她突然充满了宽容，无限制地生长到自身之外去，荫庇了他的过去与将来，眼睛里有这样的苍茫的微笑。"常冷眼看待男女情事的张爱玲，做出这样温情的注解，出乎我的意外。蒙娜丽莎的微笑也许无关风月，却蕴藏博爱，宽容、沉静，融于自然。她一人便构成一种境界，经典，难道不是世间每一位知性成熟的女性所追求的吗？

在这偶遇蒙娜丽莎的瞬间，对美的别样惊喜悄然袭来，使我不由得在春风里轻轻颤栗。

离开公园后，踏着达·芬奇走过的红砖路，来到卢尔瓦河畔，在浅滩上留下一双新鲜的足迹。傍晚时，坐到一家餐馆的露天座位上。天空澄静，云低得亲密。当繁星出现时，我默念着以达·芬奇命名的小行星3000。昂布瓦兹皇家城堡仅有几十步之遥，达·芬奇正在那里安息。四周的鲜花暗吐馨香，当地出产的红酒味道醇正。

蒙娜丽莎的亲吻飘浮在法国乡间五月的空气里。

巴黎拉丁区文化之旅

如果我和你同游巴黎，就在5月启程。5月的巴黎，风宜人，花满地。不住塞纳河右岸，那里游客太过拥挤，而赴左岸，历史悠长的拉丁区；亦不留宿酒店，租一套一百多年前建成的公寓，与艺术家、知识精英、大学生暂作邻居。楼墙米白，木门赭红，有常春藤缠绕依依。门厅的灯光不免幽暗，楼梯窄且陡峭，但铺着印花地毯，把你不期然地卷入欧式的古典。进入公寓，推开窗，撞见对面楼吊挂的五彩花篮，嗅到新出炉面包的香气；俯视梧桐树下两千多年前铺筑的石子路，或许有一位白衫黑裙的巴黎女人飘然走过，颈间柔软鲜艳的丝巾，点缀无声的优雅。这时，从哥特式的圣梅达教堂里，正传出古老的管风琴乐曲。

如果第一次到巴黎，你跨过凯旋门、漫步香榭丽舍大街、登上埃菲尔铁塔，还轻轻步入圣母院，屏住呼吸，期待雨果笔下的卡西莫多再为美丽的艾丝米拉达敲响铜钟,你排过长队后走进卢浮宫,拜谒断臂维纳斯和蒙娜丽莎,在视觉艺术的圣殿里欣然起舞。你也许刚看过索科洛夫的电影《德军占领卢浮宫》,庆幸可以暂时忘却战争,相信艺术耸立在时间的废墟之上。

然后选一个春光煦暖的午后,我和你在拉丁区漫步,开始一场小小的文化寻踪之旅。穆浮塔街狭长的斜坡路,一直向北,牵引你回到公元前52年。附近几乎没有高卢人,罗马人在此建城卢泰西亚。按公认说法,该区使用的唯一语言是拉丁语,因此得名拉丁区。310年,卢泰西亚被改名为巴黎,于是世上多了一座浪漫城市。如今,路两旁鳞次栉比的鲜花店、水果铺、海鲜店、酒庄、面包坊等,给穆浮塔市场—巴黎最古老的市场,营造出现代的蓬勃生气。

护城河广场和勒莫万主教街

穆浮塔街的尽头是护城河广场。广场四周坐落着大小酒吧和咖啡馆。在1920年代,美国发布"禁酒令",政治气氛森严,促使众多文化精英投奔巴黎,住进房租低廉的拉丁区,海明威便是其中一位。他们生活拮据,但呼吸自由的空气,心灵充满活力,何况还可寻乐买醉。那家叫迪尔玛斯的咖啡馆,就是海明威在传记作品《流动的盛宴》中描写过的艾美特。广场中间的喷泉,被他称做"污水池",如今已清爽,立在犹太树中间,绽放清莹水花。

从广场向东北走几十米,你会看到勒莫万主教街71号的公寓楼。爱尔兰作家乔伊斯随时可能出现,中等身材,消瘦,似不惹人瞩目,一旦对视,你会被他深蓝色的眼睛吸引。他的眼中闪烁智慧的光芒。他懂9种语言,把学语言当作最喜欢的"运动",比如为读易卜生立即学挪威文。1922年,他在这间简陋的公寓里完成了长篇小说《尤利西斯》,凭意识流手法在西方乃至世界文学界引发风暴。

走十几步就到了74号,海明威和第一任妻子哈得莉在1922至1923年的住处。墙上的铜牌刻着《流动的盛宴》中的一段话:"我们年轻时的巴黎是如此一段很穷也很开心的时光。"公寓阴冷,可相爱的身体彼此取暖。几年后,哈德莉因婚姻破裂心碎,而海明威在三十几年后,经历了若干婚恋,仍从巴黎往事中汲取了创作灵感。也许爱可以终结,却不会泯灭。他们还在这条街上的39号住过。巧合的是,19世纪末,保尔·魏尔伦寄宿在同一幢楼的阁楼上。这位巴黎公社的领导人之一,反叛诗歌传统,与马拉美、兰波并称象征派诗人的"三驾马车"。他晚年贫困,江河日下,而他在法国文学界的名声却如日中天。1896年1月,一代"诗王"在阁楼里黯然离世。这让你怎不感慨，当富豪们在巴黎左岸名牌店疯狂购物时，多少愤世嫉俗的诗人仍在为下月的账单发愁？

先贤祠与奥德翁路

走出狭窄的街道，眼前骤然开阔，恍然置身于罗马。一座新古典主义的建筑，和罗马的万神殿多么相似。这是先贤祠，法国众多伟人的安眠之地。伏尔泰、卢梭、雨果、左拉、居里夫人、大仲马……众多伟人在此安眠，接受万众景仰。卢梭与伏尔泰这两位大思想家被安葬在最显要的位置，各自享有一个偌大墓室。两人生前是敌人，死后却长相厮守。既然恩怨情仇终会化作大理石的沉静，何不在生时牵手相惜？

离开先贤祠，穿过宽阔的圣米歇尔大道，建于15世纪的驿站酒店就出现在眼前了。在1950年代，美国"垮掉的一代"代表人物杰克·凯鲁亚克和艾伦·金斯伯格喜欢留宿此处。你应该没有忘记，初读凯鲁亚克的长篇小说《在路上》所经受的精神震荡。

当然要在奥古斯都大帝大街7号，毕加索工作室的门前停留。从1936至1955年，毕加索在这里不倦地挥笔创造，成果丰盛，包括传世之作《格尔尼卡》。在二楼的窗口，似见多拉风情万种的飘忽身影。多拉，这位著名的

"流泪女人"，曾在他的画作里注入多少浓彩激情！如果你迷恋大师之作，可到巴黎第三区的毕加索博物馆近距离欣赏。不过要一睹《格尔尼卡》的真容，你得动身去马德里。

随后踏上奥德翁路。相信你通过电影《爱在日落黄昏时》和《午夜巴黎》，早已至此神游。无论人物在日落还是深夜时分出现，都能探寻到巴黎永不凋零的美丽。何况在上世纪初，西尔维亚把"莎士比亚书店"就开在这条街上。她总爱说"莎士比亚是我的合伙人"，为众多穷困文人提供了一座理想驿站。她经过艰苦努力，出版了《尤利西斯》，创下出版界的传奇。你能想象世界文学版图中没有《尤利西斯》吗？二战期间，书店拒绝把乔伊斯的《芬尼根守灵夜》卖给纳粹，惨遭关闭。有时艺术无法在战争中幸存。你刚走过半个拉丁区，就对《德军占领卢浮宫》产生了怀疑。怀疑，也是巴黎的文化精粹之一。

花神咖啡馆及其他

花神咖啡馆以罗马花神为名，令人遐想，曾是巴黎文学和知识精英的聚集地。萨特坐在这儿完成了哲学名著《存在与虚无》，而西蒙·波伏娃常在临窗的桌前给他写信。电影《花神咖啡馆的情人们》讲述了这对"哲学恋人"的爱情传奇。另外,加缪、毕加索、海明威也经常光顾。我和你不妨坐下来,喝一杯巴黎特有的奶油咖啡,暂时不去讨论存在的空虚。隔壁双叟咖啡馆内,高坐着两尊中国清朝人物木雕,因此得名。店内的装饰,当年很合爱尔兰作家奥斯卡·王尔德的口味,如今慕名而来的各国游客络绎不息。

不可错过附近的两家酒店。第一家是蒙帕纳斯街上的巴黎中心酒店,美国作家亨利·米勒在1930年住过的。米勒是文学大师、业余画家、杂家、怪杰。1934年在巴黎出版《北回归线》,五年后又出版《南回归线》,奠定他"自由与性解放的预言家"的地位;另一家是L酒店,原名阿尔萨斯,王尔德的客居地。王尔德,作家、诗人、剧作家、英国唯美主义艺术运动的倡导者,还是同性恋史上伟大的殉道者,曾因同性恋坐过监狱。他毕生追求唯美,1900年生病期间不能容忍酒店房间里丑陋的壁纸,声称"我正在跟壁纸搏斗,不是它死就是我亡。"不久,他在此溘然长逝,年仅46岁,但青史留名。

田园圣母院街70号是美国诗人、文学家艾兹拉·庞德的住所,附近还有海明威在巴黎后期住过的优雅公寓,以及诺贝尔文学奖获得者福克纳下榻的酒店。不远处的多姆咖啡馆和精英咖啡馆同样留下文人墨客的足迹。在精英咖啡馆里,海明威、毕加索、亨利·米勒、夏加尔和费兹杰拉德,都曾写出他们的巨著。近年来伴随莱昂纳多主演的电影《了不起的盖茨比》,菲兹杰拉德,"爵士时代"和"迷惘一代"的代言人,再次进入公众视线。他的这部作品多年来被不停地再版、改编。描写"美国梦"的破灭,要先拜他为导师。总之在文化大师密集的拉丁区,连空气中都飘散着艺术的馨香,所以海明威说:"如果你有幸在年轻时待过巴黎,那么以后不管你到哪里去,它都会跟着你一生一世;因为巴黎是一场流动的盛宴。"

转回到护城河广场,已是傍晚。灯光闪烁,人声喧嚷,各家酒吧都变成了大学生醉酒狂欢的天堂。附近窄小的铁罐子街,有正宗的法国美食。1928年,英国小说家乔治·奥威尔流亡巴黎,寄宿在街上那家名叫"三只燕"的廉价旅馆,晚上睡在地板上,醒来后到邻家的餐馆洗盘子。你会在他的处女作《巴黎伦敦落魄记》中了解到诸多细节。他永远同情弱者,洞察力敏锐,文笔犀利,后被誉为"一代人的冷峻良知",这也注定了他人生坎坷。

我和你会坐下来,喝一杯法国红酒。在拉丁区这场短促的文化旅途中,品味一些文艺、哲学甚至政治的精华,重新思考生死爱怨、反叛与包容,世界似乎有了新的可能……于是杰克·卡鲁亚克的经典醉话脱口而出:

"在路上,我们永远年轻,永远热泪盈眶。"

- 情感篇

背灵魂回家

远方的父亲

我的家曾住在东北松花江上。

松花江,满语"萨哈连乌拉",意为"天河",源起长白山峻峰上幽清的天池,向西流入辽宁、吉林境内,向东奔赴黑龙江,经哈尔滨,抵达平原小城佳木斯。

我父亲1958年出现在佳木斯,既是偶然,也是选择的结果。他出生于湖南邵东县的一个小村庄。村庄里没有河流,一汪潭水滋养全村几百老少,还浇灌了大片的水稻田。前一年,父亲还在东北师范大学读汉语言教育专业。正值"反右运动"席卷全国,他因说了一句"老百姓粮食不够吃"的真话,被定为"右派言论",紧接着他得到从湖南老家传来的消息:我祖父因地主、国民党党员身份被判处坐监劳改。临近毕业分配,父亲怀着和我祖父划清界限的强烈愿望,决心到离湖南最远的地方"扎根"。他在地图上查了一下,三个黑字跃入眼帘:佳木斯!佳木斯是中国的东极,从那里跨一步就抵达俄罗斯。他向校方递交了一封激情澎湃的志愿书,请求"支援边疆建设",到佳木斯一中教语文。当他第一次立在松花江江畔,他立誓要通过最辛勤的劳动洗清"思想上的污点",让心灵变得如江水般的清澈。

父亲在佳木斯度过的第一个冬天可谓严峻。他第一次体验零下四十二度的低温,手脚都生了冻疮;他还第一次领教风雪"大烟泡"。飓风狂卷地面积雪,如泼洒重重的白色烟雾,害得人睁不开眼睛。他不习惯当地的饮食。粗糙的高粱米,还有干硬"窝窝头",一点都不令他向往。他刚进校就教高三,工作繁忙,因此总过了开饭时间,才到学校食堂打饭,害得师傅们不得不推迟下班时间。食堂管理员是一位初中毕业留校的姑娘。她梳齐耳短发,容貌虽不秀丽,但聪颖活泼、伶牙俐齿。有一次他又迟到了,她大发脾气,下令食堂师傅锁门下班。他只好连忙道歉,凭出众的外貌、温和的语调,给她留下了特别的印象。几天后,他在学校门口遇见了她。她穿一条天蓝底色缀白花的连衣裙,赶着毛驴车上街买菜,无意中构成了一道赏心悦目的风景。他托她捎一本小说《烈火中永生》,点燃了两人之间恋爱的"烈火"。她的父母不同意她和一个"南蛮子"交往,但她脾气倔强,"一意孤行"。不久,父亲为使她有机会发挥聪明才智,资助她到二中读高中。1961年,在一场集体婚礼中,父亲和她结为夫妻。

父亲从工会里借了15元钱，买了一些炒黄豆和糖块散发给亲友，由此完成了人生中的一大庆典。

她后来成了我的母亲。

结婚后，母亲发现父亲是个工作狂、书呆子，下了课不是忙着备课、改作业，就是写作、研究文言文。1962年底，家里发生了两件不小的事件：父亲与人合著出版了《中学文言文译注》，我哥哥出生。小城尚未走出"三年困难时期"的阴影，人们缺衣少食。母亲对照顾婴儿的繁重劳动毫无思想准备，受不了哥哥白天黑夜里不停的哭闹。她怀疑自己成为母亲，纯粹是一个误会。她好不容易熬到哥哥三岁了，可以松一口气，不小心又怀上身孕。她不想再"受二遍苦，遭二茬罪"，背着父亲去医院打胎。去了两次，都赶上医院停电，做不了人流手术。我姥姥语气温婉地劝她，把孩子留下来吧，万一是个女儿，一儿一女，多完满！母亲想想有道理，就放弃了打胎的努力。我姥姥的这一句话，拯救了我的生命。

在母亲怀孕期间，父亲从未停止过"孕育"作品。他把从大学时代起创作的小说集结成书，和一家出版社签署了出版合同；他还在业余时间把《艾子杂说》等多篇文言文译成现代文，并把手稿寄给了史学家吴晗先生。吴晗先生不端名家架子，与父亲来往通信，对他的译作颇为赞赏，还推荐给中华书局出版。1966年5月，"文革"爆发，吴晗先生因创作《海瑞罢官》《三家村札记》等首当其冲遭到关押和全国性的大批判。佳木斯的红卫兵们虽偏居一隅，但"革命斗志"不逊于"京都英雄"。他们在短短的两个星期里，就把父亲从教师队伍中"揪"出来，以他与吴晗的书信往来为由，把他关进牛棚，给他戴上佳木斯"最大的黑帮分子"、"牛鬼蛇神"等高帽子，父亲的命运被彻底改变了。

8月22日，红卫兵"宜将剩勇追穷寇"，又变换花样惩处父亲。母亲站在木栅栏外，目睹了惊心动魄的一幕：在锣鼓声中，他们把父亲的两条胳膊向左右分开成一条线，绑到一个扁担上，两边挂上装满水的铁桶，又在他胸前挂上"反动学术权威"的牌子。母亲眼前一黑，险些趔趄倒地。剧烈的腹痛一阵阵锤击，血从裤脚里流出来，她挣扎着回到家。因没有钱上医院，求邻居请来一位所谓的助产士，付了5毛钱。下午1点半，我在父母最肝肠俱裂的时刻来到了人世，发出了平生的第一声啼哭。

第二天，母亲挣扎着下了床，给父亲送饭。看管曾是父亲的学生，一个满脸粉刺的红卫兵。他穿军装戴军帽，扎宽皮带，趾高气扬。母亲说，你告诉我爱人，他女儿出生了，让他取个名字。红卫兵从鼻孔里"哼"了一声，牛鬼蛇神的女儿，配有名字吗？母亲并不示弱，立即反问，领导的哪条指示说她不配有名字？我要给她上户口！红卫兵不情愿地走进"牛棚",对父亲吼了一声,你老婆让你给女儿取个名字!父亲听了,一时百感交集,可怜女儿对投生的家庭还一无所知。他的心血之作,没有机会见天日;此刻他坐在酷热的"牛棚"里,"三分像人,七分像鬼",在检讨中"发挥"才气。他沉吟片刻,在写反省书的白纸上撕下一小条,写下了我的名字:"曾晓文"。晓文,取通晓文学之意,希望我能延续他的文学梦想。

1966年底,父亲被发配到黑龙江偏远的小山村去劳动改造。母亲在中学里当老师,一个人照顾不了两个孩子,要他把我带走。父亲用一床薄薄的小被子把我包裹起来,背着我上路。小村地处高山峻岭之间,交通不便,只能坐马车到达。村里的几百户人家,世代过着"面朝黄土背朝天"的生活。父亲下田种地,不可能照顾一个婴儿,就把我寄养到农民陈大爷家。陈大爷、陈大娘为人朴实,怕我因为是黑帮女儿遭受歧视,索性让我随他们姓,给我起名"陈小花"。父亲从城里带来的一点儿奶粉很快被我喝完了。陈大娘就把玉米嚼碎喂我。父亲后来不止一次对我说,你是农民用玉米养大的,永远不要忘了养育你的人民和土地。我想,不管生活环境如何改变,岁月对我如何雕塑,我骨子里也许永远都是那个"陈小花"。

父亲在劳改农场表现出惊人的适应力。初春时,大地还冰冻三尺。他用锄头刨地,因为不懂技巧,把虎口都震裂了。

一年后，因陈大娘生病，无法再照顾我，父亲把我背回到佳木斯，送到了姥姥家。姥姥对我疼爱有加，但我经常扶着窗台站着，张望院门，还不停地哭叫，似乎等待父母的到来。

我四岁那年的春天，一位穿黑棉大衣的男人走进姥姥家，抱起我亲我的脸，我被这个突然出现的陌生人吓坏了，又被他的胡须扎痛，哭号挣扎。姥姥说，你爸爸来看你来了，你该高兴！哭什么？我这才止住哭声，打量眼前这个面孔如农民般黝黑的男人，想把他和爸爸这个概念联系起来。他从黑大衣口袋里掏出了一双黑色塑料凉鞋，说，这是爸给你买的。我接过软软的凉鞋，破涕为笑，那是我平生的第一双凉鞋。父亲已成了劳改农场50公顷土地的管家，借进城买农具的机会来看我，必须立即赶回去。他用胡须再一次扎疼我的脸蛋，匆匆道别，走出小屋。我立即扑到窗前，捕捉到了他的背影。他的背宽厚，竟有些微驼。他推开小院的柴门，迈着沉重的脚步离开。他的背影从此留在了我的记忆底版上，在岁月的暗房里被一次次反复冲印……

1972年，父亲终于从劳改农场回到了佳木斯，但还不被批准上讲台，只能在校办墨水厂赶马车运货，兼当会计。他把我从姥姥家接回来。这是我在出生之后，第一次和陌生的父母、哥哥一起生活。家其实是一间"马架子"，泥巴墙，草屋顶，靠南墙有一铺炕，靠北墙有一个砖炉子。冬天里，冷风不懈地从墙缝间吹进来，我必须戴棉帽子、棉手套睡觉。早晨起来，水缸永远结着冰。当时我6岁，没受过学前教育，上幼儿园太晚，上小学又不到规定年龄，学校不肯收。父亲思来想去，求他以前的一个学生说情，把我送进了第三小学读书。我因为缺乏营养，个头矮、身子弱，每天放学回来就累得瘫倒在炕上。父亲做好了让我退学、来年重读的打算，没想到我早晨按时起床去上学，竟然坚持了下来。

我最怕的事情不是读书累，而是填表格。我在家庭出身一栏填上"地主"两个字，羞愧万分，握着铅笔的小手不停地颤抖。

两年后，哥哥已经12岁，在学校里还没学到什么知识。父亲因曾家三代单传，真心期望哥哥能学有所成，开始教他学文言文。第一篇教的是王安石的《伤仲永》。文章最后一段是："王子曰：仲永之通悟，受之天也。其受之天也，贤于材人远矣。卒之为众人，则其受于人者不至也。彼其受之天也，如此其贤也，不受之人，且为众人；今夫不受之天，固众人，又不受之人，得为众人而已耶？"我似懂非懂地旁听，比起哥哥，我似乎对文字更感兴趣。哥哥不肯安心读书，父亲无奈放弃了家教。

1976年初夏的一天，我放学回家，发现家里纸片遍地，一片狼藉，原来公安人员刚来搜查过。他们在几个小时前，以"右倾翻案"的罪名将父亲逮捕。原来，佳木斯有人用高水平的文言文体给中央写了一封信，替邓小平翻案。父亲作为文言文专家，在这座小城市里似乎无人企及，就被锁定为罪犯。父亲进了监狱，母亲着急上火，又得了严重的肾炎，住进了医院；我哥哥整天和一些"问题少年"泡在一起，我暂时住到了姥姥家。一个完整的家瞬间溃散。放暑假时，因为家里养的一条小狗需要照顾，我每天白天都回家。为打发时间，也为逃避邻居唾弃、同学欺侮，我开始读父亲的藏书。1972年之后，他陆续买了一些不被禁的书籍，包括《鲁迅全集》。我开始读《伤逝》《祝福》《狂人日记》等，甚至还翻出一本《批判反动小说》，里面附有从《家》《春》《秋》《上海的早晨》等摘选出的片段……我偶尔碰到不认识的字，联系上下内容，能猜出大概意思。我并不真正理解那些作品，只是通过书中人物和遗弃我的世界保持些许联络，求得几分精神安慰。

母亲待身体稍好些，就带上我去探监。我们坐了大约一个小时的长途汽车，下车后走了好长一段路，才看到了监狱的高墙。墙上密密麻麻地布满了铁丝网，还插了许多尖尖的碎玻璃。我们顺着墙来到监狱门口，却被看守拒之门外。我们把带给父亲的棉被留下来，失望万分地离开。

不久，我听到了传言，父亲可能会被判处死刑。我躲在家里，吓得连日浑身发抖。6月底，公安局请专家验证笔迹，证明那封"反动书信"并非出自父亲之手，决定释放他。父亲回家那天，我站在门槛旁，呆呆地望着他。他瘦削苍白，一头黑发都被剃光了，变得十分陌生。世界上所有的声响似乎都消失了，耳畔只轰鸣着一个声音：父亲！可我喊不出来，我的喉咙被锁住了。

当年秋天，"四人帮"倒台，祖父和父亲都被平反了。父亲和朋友们举杯庆祝。白酒热辣，啤酒清爽，堪称人间仙液。庆祝一日，当然不够；庆祝一星期，也难尽兴。在将近二十年里，他与"黑五类"、"牛鬼蛇神"为伍，忍受歧视，终于可以在阳光下挺起腰板，身后没有阴影。就这样日复一日，他渐渐贪恋上"杯中之物"。他有时呼朋唤友，在家酣饮。酒醉三分，就要畅谈文学，尤其是俄国文学。普希金、屠格涅夫、契诃夫、托尔斯泰、陀思妥耶夫斯基……这些名字在杯盏交错间发出清响。我在微醺的空气中开始接触俄国文学，还养成了在喧闹中读书的习惯。有位邻居说，晓文能在这样的环境里读书，还能保持好成绩，是个"奇迹"。父亲有时到朋友家聚饮，半夜才回来，脚步踉跄，两眼发直。他把一家人都吵醒，做些莫名其妙的事情,比如扫地、整理书籍,更多的时候,喋喋不休地讲述往事、背诵诗词。有时一直闹到凌晨三四点钟。到了早晨,他起了床,洗把冷水脸,就去学校上课了,又变成了那个工作认真、勤恳踏实的优秀教师。我在白日和黑夜里,仿佛有两个不同的父亲。母亲因为前一夜睡不好,不愿起床做早饭,我只好饿着肚子上学,不得不在课堂上拼命集中注意力。也许从那时起,我懂得了人性的复杂,还懂得了人有时要靠意志生存。

父亲重上讲台后,非常珍惜"第二次机会"。他几乎能把所有的课文背诵如流,更令学生们钦佩的是,他思想深邃、见解独到。他讲课富有激情,忘我地投入,经常大汗淋漓,即使是在深冬,也只穿衬衫上课。他经常在家里给学生补课,关心学生超过关心儿女。他教的班级高考语文成绩总在全省名列前茅,甚至还得过第一名。我在一中读书六年,他从未教过我所在的班级,也找不出时间辅导我,但因为家里房屋狭小,我常常"被迫"旁听。1984年我参加高考,取得黑龙江省语文成绩第一名,立志延续父亲的文学梦,报的十个志愿都是中文系。我被南开大学中文系录取。

我乘火车离开佳木斯去上大学,父亲并没有到车站送行,但我知道,他的期望和惦念随着铁轨一米米伸展,延长……

记得我上大学的第二年，父亲坐了两天一夜的火车来看我。我接站迟到了，在喧嚷的候车室的一个角落里，找到了他。他像当年在农村改造时常蹲在地头一样，蹲在水泥地上，肩上背着一个沉重的挎包，挎包的背带已深深地嵌入他的肩膀。他的脊背变得弯曲，头发开始泛白。他看到我什么也没说，只从挎包里掏出几部词典、几本名著。他不愿把包放到地上，怕被别人踩脏、踢坏。我接过包，把它压在我年轻的背上。

　　在20世纪七十年代末，高校恢复招收研究生时，我父亲已超龄，但我尚有青春资本可向文学象牙塔不断投资。他要我攻读硕士学位，一生一世做文学中人。他的殷殷期望是一张网，我"束手就擒"。1988年夏天，我大学毕业，被中文系保送直读南开大学世界文学专业的研究生。父亲闻讯，欣喜万分。人要读万卷书，还要行万里路。他决定带我出外旅游，见见世面。我和他在西安会面，看过兵马俑等古迹后，从西安坐火车到成都，拜望杜甫雕像，随后从成都坐火车到重庆，搭船畅游长江三峡。船过神女峰，我平生第一次看到了长江上的日出。多年后我在若干著名的景点看过日出：美国科罗拉多大峡谷、佛罗里达的西礁岛、意大利的佛罗伦萨、加勒比海旁的巴拿马……但在三峡上，和父亲并肩而立看到的日出，永远是记忆中最辉煌的。

我的三年的研究生生活倏忽而过。父亲一直希望我成为学者，但我进入了机关工作。后来又辞去了令人羡慕的职位，到高科技公司"体验生活"。1994年底，我整装出发去美国。"外面的世界很精彩，也很无奈"，如果没有看到过外面的世界，如何评判精彩与无奈？在北京机场的海关入口处，我看到了一张以北京为中心的蔚蓝色的国际航线图，发现从北京到纽约几乎是最长的一条。我比父亲走得更远。父亲没有到北京机场为我送行。他天性坚强，但永远无法正视与亲人的离别。

我像浮冰一样漂上美国新大陆，生活与大多数新移民的生活大同小异：打工、求学、求职。在一番骨肉震痛的精神消融和重塑后，我开始在业余时间从事创作，在文学的怀抱寻求皈依。或许我在潜意识里竭力避免成为才华丧尽的"仲永"。父亲慢慢变老，退休了，但先后被几家学校返聘。一则他热爱学生，离不开讲台，二则他晚年得孙，不肯放弃养育后代的责任。他常感叹自己一生"吃的是草，挤出的是牛奶"。

2003年，我移民加拿大，开始每年回国探亲，但在我与父亲之间，短的是相聚，长的是别离。父亲依然爱书，不停地买书。我每次打电话回家，他总是兴奋地报告他买的新书，具体到在哪座城市的哪家书店，拿到了多少折扣。

书和文学，成了我和他之间永远的纽带。我给父亲看了我写的一些作品，其中包括短篇小说叫《黑桦》。小说是以他在1976年坐牢的经历为背景，以我家养的一条小狗为原型。他读了，说联想起了屠格涅夫的小说《木木》。这一句话，几乎是我在文学创作中得到的最大鼓励。

2008年5月，父亲在北京某医院做完肺镜，等待病理结果，听到了残酷的四个字"肺癌晚期"。当亲友们还没从最初的震惊和担忧中清醒过来，他竟对自己剩下的时间有了安排。他不顾众人反对，开始搜集资料，准备写书。他读中专和大学都是学校包吃包住，是老百姓让他学到了知识。他要把一生的心血凝注成书来回报，让老百姓的孩子们把书读好。在父亲的大学同窗中，终身从事语文教学的人不多，而常年教高三的更是凤毛麟角。他在50年的教育生涯中，教了28届高三毕业班，可谓"蜡炬成灰泪始干"。他几乎整日不出房门，勤奋写书。他不无惭愧，在科技时代没学会使用电脑，只能用手写。书桌旁累积下的手写稿高过一米。他用一年多的时间，把一生的教学经验浓缩成这两本书。几经周折，他终于等来了出版的喜讯。他在接到样稿后，立即动手校对。因体质每况愈下，他无时无刻不忍受着疼痛折磨，但咬牙前后校对了五遍，生怕有什么瑕疵。2010年秋天，这两本书问世,成为他生命中的一曲绝唱。我手捧着它们,顿觉重如千斤,再不敢轻言放弃写作。父亲在有形与无形之中对我的激励,是给予我的永恒之爱。

2011年6月,我回国看望父亲。他时常神志不清,但还认得我,说些莫名其妙的话,提到湖南老家、佳木斯等,精神在神州大地"漫游"。他从不能正视离别,这一次不得不面对生离死别。8月1日,他被病魔无情地带走。母亲伴他50年,一直到他生命的最后时刻。他一生写就了一位小人物的传奇。他贫穷,身后只留几千本书;同时又富有,培养了近万名学生,深受爱戴和怀念。我身居万里之外,几乎每天都会有些细节,引发我的联想。仰望太阳悬在一碧如洗的天空,想到他再感受不到温暖的阳光,眼中开始落雨;电视里播放陌生人去世的消息,会为从未谋面的死者儿女难过,因为深知丧亲之痛。创伤被时光的白纱布潦草地包裹,当我面对父亲的遗像和他多年的收藏,怎么躲得过锥心巨痛?

经过挑选,父亲的书随我开始了新一轮的迁徙。没有了父亲,家就失去了从前的含义。我能做的,只是带走一些书,留存生命的记忆。几个月后,父亲的书被运到了我在多伦多的家里。我无法立即整理,不是因为体力不支,而是因为心力不足。书箱里似乎盛满了忧郁的雾,一旦被打开,心就会被重重笼罩。我面对一片纯个人的精神空白，只好在书桌旁坐下来写作。父亲临终时怀抱诸多遗憾，其中之一是不能读到我的更多作品。只要我动笔，他的生命就会延续。虽然写的故事与他的经历无关，但他常是我想象中的第一读者。

我请人定制了栎木的书架，还装了灯，终于把父亲的书一一整齐地摆了上去，郑重得如主持一场宗教仪式。我与父亲阴阳两隔，但我在很多本书上发现了他的注解、指纹。在传说中，巫师背逝者的灵魂回家，与生者交流。这些书是成群结队的"巫师"，牵引我与父亲展开不倦的灵魂对话，于是在喧嚣的尘世，我拥有了一小片安宁的净土。我身居非中文环境的异国，在业余时间用一支不懈的笔，画一方精神清潭，灵根自植，使深情的兰花在水中四季绽放。也许我和千百位海外写作者一起，背负中华文化遗产，永远行走在回家的路上，正"建立一座非人工的纪念碑"，以文字"唤醒人们的善良的感情"。

前些日子，我在多伦多的家里做了一个梦：父亲坐在一艘小船上，身边围坐着一群少年，在松花江上悠然漂流。少年们随着父亲背诵文言文，郎朗有声："吾生也有涯，而知也无涯。"我从梦中醒来，下了床，走到窗前，小船早已消失，却见一轮圆满的月亮。我两腿一软，跪倒在地，眼泪像破冰的春江奔涌流淌。

从此我真心祈愿天国的存在。

冷与苦

凯西是我的美国朋友，是那种惺惺相惜、玉壶冰心般的的朋友。有一段时间我们常常坐在黄昏里、落日下谈论爱情。尽管那时我的英语很有限，她的汉语更有限，但这似乎并不妨碍我们的交流。

有一次凯西给我讲了一个故事。她说她去香港旅游时，曾和两个年纪与她相仿的台湾女人一起去一家茶室喝茶。茶室的小姐给她们端来了一套白色的图案典雅的茶具，其中包括2个茶壶，6个茶杯。茶壶一个是有盖的，一个是没盖的，但没盖的那个里面多了一个过滤层。小姐把茶叶放进了有盖的茶壶，然后用水壶里滚烫的水冲了茶，立刻就把盖儿盖紧。稍候片刻，小姐就开始给三个女人斟茶。干枯的茶叶在水里已舒展出美丽的仪态，水的颜色也渐渐地深了。小姐离开后，女人们慢慢地开始品茶。茶是热的，喝下去胃里很暖，但茶的味道有些苦。茶常常沾到唇上，让人感到一种亲密的纠缠。

品茶的时候,三个女人自然也免不了谈起爱情。两个台湾女人,一个是结了婚的,一个是单身。结了婚的女人说,有家的感觉当然是很暖,就像这杯热茶,但因为丈夫有外遇,日子过得也很苦。

过了一会儿茶室的小姐又来了,她把有盖的茶壶里的茶水倒进了没盖的茶壶,茶叶就立刻都留在了过滤层上了。她又给三个女人换了茶杯,请她们喝第二道茶。没盖的茶壶里的茶很快就冷了,但品起来味道纯正,没有苦味,也没有茶叶频频沾唇的那种纠缠。这时那个单身的女人就说,这第二杯茶像单身女人的生活,很冷,可是不含苦涩。

于是三个女人一同感叹,冷与苦,有些女人似乎总要选择一个。

凯西给我讲这个故事的时候,没留意到捧在手里的茶已变冷了。

爱情和婚姻的滋味常常很像品茶。和有的人在一起,像品冷茶,味道纯正,甚至为周围人所称道,但那种彻入骨髓的冰冷让人难以忍受。而和有的人在一起,像品热茶,时时感受热烈的相融,却无法回避难以言说的苦涩。

一年以后,我和凯西的爱情生活都发生了变化。凯西在多次的挫折以后终于找到了热巧克力般的爱情，滚烫而甜蜜。而我呢，最终在冷与苦之间选择了"苦"，只因为无法放弃热水与茶一般的亲密厮守……

温情链

到美国两个月,我就幸运地通过文化志愿者委员会找到了一个英语家庭教师,我们的第一次见面被安排在一个公立图书馆里。那天下了入冬以来的第一场大雪,当我挟一身风雪走进图书馆时,我看见了一个黑皮肤、身材高大、眼神明亮的女人,她穿了一件火红的大衣,明媚的颜色衬映着她暖人的笑容。她扑过来热情而有力地拥抱我,就这样我开始了生活中新的一课。

她的名字叫耐莉·科尔。她喜欢穿鲜艳的衬衣、长裙和高跟鞋,走起路来腰背挺直,步态优雅。她的声音清晰悦耳,一笑起来就露出洁白整齐的牙齿。如果不是她亲口告诉我,我无论如何也不相信她已有75岁。她做文化志愿者已经整整10年了,几乎每年她都要志愿授课1000小时。她每周分别给我和另外一个年过五十的美国学生上课,到教堂做一天义务工作,还要承担所有的家务,照顾她年逾八旬的生病的先生。她说这种忙碌而充实的生活让她感觉活着真的很美好。

耐莉带给我的不仅是语言上的,更重要的是心境上的改变。当我第一次进入美国国境,在我面前骤然展现的是一个新鲜的世界,但美国人的语言却仿佛一串串难解的谜,我是怀着怎样焦灼不安的心去猜测啊。我踯躅在底特律机场漫长的通道上,激动和失落使我年轻的心刹那间起起伏伏。在后来的两个月里,我困守在家里,痛楚于自己被隔绝在世界之外。打开电视,屏幕上的欢乐与忧愁我只能麻木地观望,虽然我没有丧失听力,但我的生活与喑哑无异,我的心情跌入了深深的低谷。

耐莉微笑着出现了,她牵着我的手把我拉出了封闭的精神世界。

她教我阅读,拼写,造句,作文。她不厌其烦地纠正我的发音,即便我由于不断地重复而懈怠,她却始终兴趣盎然;当我因词汇贫乏而怯于对话时,她总是含笑告诉我,你应该永远对自己说"我能行"。当我说出一个完美的句子,她就会像个孩子似的拍手,叫好。她细心地为我寻找合适的教材,一旦她在报纸上发现有关中国人的文章,她就立刻兴致勃勃拿来教我阅读。她那么善解人意,希望了解中国人,了解我,从而给予我更有效的指点。日复一日,我在语言方面有了很大进步,我写的关于耐莉的故事还被选到了全美文化志愿者委员会1994—

1995的年鉴上。

有一次耐莉和我正在图书馆一起读英文，一个俄国青年走过来，他请求耐莉做他的家庭教师。初到美国的人都希望找到一个家庭教师，所以总是学生多，教师少。他说："我知道你已教了两个学生，很难再有精力。但我实在急需学英语，我可以付钱给你，价钱你来决定。"

耐莉微微地笑了："你知道志愿者这个词的含义吗？它意味着我们的工作完全是无偿的。我愿意做你的家庭教师，我帮助你是为了你有机会也去帮助别人。如果每一个曾接受过帮助的人都把自己的爱与热量传导给另外一个人，另外一个人又继续传导，那么世界就变成了一条热情循环的心链。"

耐莉所描述的是多么温柔的一条链索啊，世界上不同信仰、不同肤色、不同年龄、不同性别的人都以心相呼应，以心相扶持，谁能估量出这条心链有多长，它将环绕地球多少圈？它将消除多少隔膜和孤独？

耐莉，这个笃信上帝、善待一切人、热爱一切美好事物的女人，她把她博大的慈爱和温柔的怜悯传导给我，我将成为那长长心链中另外的一环……

生命是一种触摸

我读过许多年的书。曾经清高，所以活得虚幻；曾经浪漫，自然也脆弱。后来在官场的寒暄和商场的逢迎中，我踩在云朵之上，四周空气稀薄，我的生命因此苍白。

这一切的终结于一场实实在在的坠落，我坠落在大西洋彼岸。我听见自己苦心烧制的美丽的玻璃铠甲片片碎裂的声音，还有隐隐压抑的哭泣。然而在骨伤筋痛之余，我惊喜地发现自己落在厚实的散发着鲜玉米气息的土地上。

我原本是在一块偏远而富饶的黑土地上蹒跚学步的，在多年的奔跑、腾越和飘浮之后，我重新以我赤裸的双脚亲吻土地。

这是我最初的、也是最终的亲吻。

风风雨雨给我荒疏了丈量的双腿灌输勇气，悲悲喜喜给我忽略了真实的心灵带来震颤。

生命是一种寻真觅爱的触摸，噙泪含笑的感动啊。

这时我知道世间的许多书不是通过文字去阅读的，而是用心去触摸的。

我和许多人相遇，许多从未预料到、从未梦想到的人。我结识了肤色黝黑的、意志坚韧的越南人。我们从未谈起过战争，尽管那很可能是促使他们漂泊此地的真正原因。他们给我描述过他们曾经拥有过的中国式的深深庭院，也描述过湄公河两岸的暖暖人情……

没有刀光，没有血影，只有美国乡村歌手洋溢着阳光和泥土气息的声音。

我们交谈，用一种并非彼此母语的陌生语言交谈。

战火和硝烟在我们背后，崇高与卑贱也在我们背后。我们是无足轻重的人物，无法改变、也无法推动历史。但是在历史沉重的雕檐下我们拥有一小片共饮浊酒的平和。

我们的心生出小小的手指，在某一个不经意的瞬间，在空中相触、相握。

我因这样的相握而感悟历史，理解生命。

我还遇见过四十几年前从大陆辗转到台湾，二十几年前又从中国台湾漂移到美国的中国人。对于他们，漂移的苦楚似乎是记忆之湖的涟漪，时而聚敛，时而消散。

而故土红高粱地里的飒风，金色麦穗上的波浪，却是萦绕于怀的音乐，激昂缠绵，挥之不去。他们的鬓毛已衰，但令我泪眼汪汪的乡音未曾改变。

如果我们都不曾远离故土，也许会在某一列火车上，某一个晚会上相遇，那么我们之间就不会有那湾海峡，那湾巨大的历史裂缝，就不会有"相逢何必曾相识"的感叹。

幸与不幸，我们在别人的家园里聚首、碰撞、交流，尝试着化解隔膜与偏见。

我们知道我们是无力填平沟壑的，只能彼此伸出藏着温热的手，相挽走过短短的一段雾雨弥漫的旅程。

我因这样的温热而体悟血脉，感激生活。

我也认识了许多从国内非法来美的人。如果时光倒流几年，我们想必是无缘握手的。我曾经俯视他们，认定了他们过着机械而麻木的生活。但当我走近他们，发现他们的希望与失望、平静与挣扎同样动人心魄。

对于他们，思乡也是一支吹奏不尽的羌笛曲，无奈春风不渡。他们的美国梦呓夜夜都是故乡的土语。

他们在辛苦奔忙中偶然投注给我的关切的一瞥，竟是声气相投的友人所无法给予的，我把它当作生活的馈赠。如果我不曾，在萍水般的相逢中珍视刹那的贴近，我会千百次地与这种馈赠擦肩而过。

我因为这样的贴近而感受友爱,疼惜生命。

生命中的许多花儿,被触摸了,才会开放。

原来不知不觉中我坠落异地,徘徊迷宫,涉水千里,是为了懂得,懂得生命……

瓦罐里的往事

我得到我爷爷过世的消息是在五月十六日。

晚间新闻的播音员说，今天是"文革"三十周年纪念日。我知道我生命中开场的三十年和我爷爷生命中落幕的三十年同时结束了。

我爷爷活了八十几岁。我知道我无需太过悲痛，有的人在花一般的年龄刹那间就零落成尘碾作泥，而他称得上寿终正寝了。但我竭力想把记忆中关于他的所有断片粘贴起来，仿佛那样我会得到一只刻着神秘花纹的瓦罐，就像藏在我爷爷家楼上的那只一样。

我不知道这样的粘贴算不算是一种纪念。

我翻箱倒柜找出了保存的那张我爷爷和我爸爸的黑白合影。我现在只有寥寥几张黑白照片了，因为它们大多属于遥远的过去，而我是不情愿把遥远的过去带在身边远渡重洋的。但这张合影我还是带上了，照片上的我爸爸那么年轻，而我爷爷似乎显得比我爸爸还年轻。

应该说我爷爷是风流倜傥的。当然，我也只有到了今天这个年代，现在这个年纪，才会不费斟酌地这样描述他。

在我上小学的那些年里，如果说我憎恨过什么人的话，那么首当其冲是当时还没见过面的爷爷，因为他使我在接连不断的填表格行为中一次次无比羞愧无比颤抖，使我在学校组织的苦大仇深讲用会上抬不起小小的头，也使我当时虽不白皙倒也光滑的脸蛋频繁领受了唾液的冲洗和石子的锤打。

照片上的爷爷穿了一件白色的丝绸短衫，纽扣是盘花襻儿的那种。他没系领口处的第一粒纽扣，这使他流露出了一股少爷气。我看过时下正走红的表现烟土、烟花女、绣花鞋的电影，从主人公身上我发现了同样的少爷气。

尽管照片表面因为年深日久早已粗糙了，但这丝毫不影响我抚触那丝绸光滑的质地。我想我爷爷当年在湘江岸边那个曾繁华一时的戏园子里，捧那个红极一时的小芸仙，很可能也穿着这样的衣服，白色丝绸的确使他显得气质不俗。

我爸爸身上的那件学生装就不免有些粗重了，但它也恰到好处地衬托了我爸爸的书生气。据我爸爸讲这是他大学期间唯一的一件外衣，他穿着它背过《古文观止》，也背过《叶甫盖尼·奥涅金》。

这张照片是他们在20世纪五十年代中，也就是他们在分开六七年之后第一次见面时拍的。

我爷爷在我爸爸六七岁的时候独自一人进了城，且谋得了一官半职，很快又娶了唱花鼓戏的小芸仙。我知道这不是什么新鲜的故事，但为了我的瓦罐的完整我不愿放弃这些带脂粉气的片断。

我爷爷好几年也没回家看过一眼，我奶奶和我爸爸的生活完全陷入了困顿。那一年，当留守在祖屋里的我奶奶把家里稍微值点钱的东西典当尽了以后，就带我爸爸去要饭。

我对爸爸说过，谁想得到在他的剥削阶级后代的华丽外衣下，居然还藏着乞丐的褴褛衣衫。

我对奶奶始终抱有深深同情，正所谓"哀其不幸，怒其不争"。一九四九年以后，政府要求一夫一妻了，我爷爷又回到了我奶奶身边。我至今不清楚是小芸仙提出离开我爷爷的，还是我爷爷幡然悔悟，执意要回到糟糠之妻身边的。

但这对我并不重要，重要的是我奶奶又接受了我爷爷，要知道我奶奶家祖上三代劳动人民，我不明白她为什么就不能在翻身解放妇女独立的新社会争一口气，带着我爸爸改嫁一个劳动人民呢？那样我们家的历史就会完全被改写了。

当然我爸爸也许就不会千方百计地远离我爷爷跑到省会去念书；也不会在毕业分配时拿着格尺在地图上认真地丈量一番，然后诚心实意地要求到东北边疆去，揽一遍"八千里路云和月"；自然也就不会遇上我妈妈，那么我也不可能在冰城文功武斗全面拉开战幕的日子不太情愿地发出第一声啼哭……

终于我不得不承认，把我爷爷从我生命的视线中抹去，这纯粹是一种徒劳。

我爸爸和我爷爷拍这张照片时正意气风发，他在读中文系，而且刚刚得了一个省级的斯大林文学奖。这时他想起了曾轻视、抛弃过他的我爷爷，我爷爷无形中施加给他的心灵压力超过了我奶奶的爱的动力，这使他对我爷爷竟然有了一些无法言喻的感激。

所以他在和我爷爷分离了六七年之后第一次握手言和，当然也不排除其中包含的血浓于水的成分。

于是就有了这张二寸的照片，于是他们就把同一瞬间的微笑留给了我。

我爷爷和我爸爸的微笑只维持了一瞬。相对于他们后来分别度过的漫长的监禁和劳改生活，他们微笑的日子只能被称为"一瞬"。

我爸爸说当他一次次站在广袤的田野上仰望天空

时，他经常不由自主的想起他那么希望忘记的我爷爷，使他顿时产生挫败感的事实就是他一刻也不曾远离过我爷爷。

北出山海关，跨跃八千里，也只是抽刀断水。

一年多以前，我在北京机场的海关入口处看到了一张蔚蓝色的以北京为中心的国际航线图，我发现从北京到纽约几乎是最远的一条了。这个发现给我当时被离愁的浓雾笼罩的心打开了一道缝隙，一缕云霞般的窃喜照射进来。

我窃喜于比我爸爸当年走出得更远。

如今浓雾消散了，云霞也流失了，我的心是冬日里平淡的天空。我开始问自己，究竟该用哪一种尺度来衡量大洋两岸的距离。

我毕业时曾和我爸爸一起回湖南看望过我爷爷和我奶奶。他们仍住在那座青灰色的祖屋里，祖屋坐落在一个封闭的小山村里。我们从县城坐长途汽车，下了长途汽车又在泥泞的山路上走了二十多里，才望见了小村的斑斑竹林和赤裸红土。我跌坐在村口的池塘边。

我的先人们就是喝这个池塘的水过了一辈子。但这是一汪死水，天旱的时候太阳吸走一部分，下雨的日子老天爷再还回来一些，这是它年复一年所经历的轮回。

远远地我看见一个三十左右年纪的农夫走过来，用池塘里的水冲洗了几下沾满了黄泥的锄头，顺便又涮了涮自己的脚。随后又有一个年龄和我相仿的女孩挑着一对水桶走过来，她很快把水桶装满了水。我爸爸和他们打招呼，高声地聊几句家常。后来那男的说地里的活儿还没有做完，女孩说要回家烧饭，就急急地离开了。

我爸爸告诉我那男的应该算是我的远房堂叔，而按辈分论，那女孩必须叫我表姑。那一瞬我发现我和这个小山村居然有着千丝万缕的联系，我茫茫然不知是喜是忧了。

我爸爸又指指我们刚刚走过来的那条土路，说当年他就是在那儿攀上一辆卡车进城的。第一次他没有抓紧卡车车尾的拦板，结果摔到了地上，摔掉了一颗门牙。他爬起来不顾一切地又去追赶那辆奔驰的卡车，他张大血肉模糊的嘴艰难地呼吸着，终于又一次抓住拦板，而且跳进了车厢。

逃离总是有代价的。

我爸爸的逃离，且不再回头，使我避免了和我堂叔以及表侄女同样的生活，所以我当时暗暗感谢他的那颗早已沦入泥土的门牙。

我爷爷我奶奶对我们进行了隆重的接待，他们把那块在屋檐下风干了一年的咸肉摘下来蒸了。饭后我爷爷踩着一架颤微微的梯子登上了挂满蛛网的阁楼，从里面捧出了一个青灰色的瓦罐。

那一夜我爷爷的兴致很好，也许是多喝了几杯水酒的缘故，也许因为我对他过去的一切表现出的平和甚至带一点好奇的态度鼓励了他。

我爷爷从瓦罐里先抓出了一捧干草，它们曾拥有过碧翠的生命，就像它们所遮盖的往事。随后他拿出了一个牛皮纸的大信封，又从信封里掏出了一沓泛黄的白纸、几张照片和一札信。

白纸上是他在许多年里填写的古体诗词，那些诗词显露出了他非同一般的文学功底和对生活颇有深度的理解。他的字龙飞凤舞，力透纸背。我从没练过书法，我的字基本上可被归入令人不忍目睹的那一类。

所以我在对我爷爷的感觉中破天荒地添了一些敬佩成分。

我就是在那天第一次见到了我爷爷和我爸爸的合影，而且征得我爷爷的同意把这张照片带走。

我还见到了小芸仙的照片。这个多年来我奶奶的、乃至我们整个家族的"敌人"，无论用古典的还是现代的眼光，无论以局外人还是局内人的角度来审视她，都不得不承认她拥有打不倒的美丽。

我爷爷说小芸仙读过一些书的，当然在唱戏过程中又多学了许多字，我爷爷的话没有说完，我就猜出下文，自然也明白了他的意思。

那天晚上我费了许多想象的周折，才把眼前的头发花白，面容衰老，穿着厚重宽档裤的爷爷和拥有过小芸仙的那个潇洒的少爷结合起来。我平生第一次对他抛弃我奶奶和我爸爸的行为给予了一些理解。

我爷爷保留的信大多数都是我爸爸零零散散写给他和我奶奶的，另外还有一封20世纪五十年代初通知我爷爷到城里工作的信。那时我才知道我爷爷曾是南方一个交通重镇的火车站的站长，后来当他的上级准备带他一道去那个"高山青，溪水长"的海岛时，他认真思考后却选择了留下。

此刻当我坐在远离我的出生地，也同样远离我的祖屋的公寓里，我仍旧和当年一样惶惑：人到底要面临多少次"去"与"留"的选择？

一九四九年后我爷爷在老家赋闲了一阵，每天吼骂我奶奶和我爸爸，我想这是导致我爸爸离家出走的直接原因。后来政府鉴于我爷爷完整地保存了火车站的军用物资，也算戴罪立了功，就给他重新安排了工作。不过从一九五七年开始我爷爷就失掉了这份工作，当然同时还失掉更多，这是他在二十几年后接到的一封平反书信所不能补偿的。

最后的一沓白纸是我爷爷整理的家谱。他对我历数了家族中出现过的状元进士,文人墨客,原来我的家族还颇有出彩的几笔,这使我饥渴了许久的虚荣心得到了小小的满足。而且我还极荣幸地因为得到了文学硕士学位而成为长长家谱中寥寥无几的被记录了名字的女性之一。

我曾经在一封家书中说过,我爸爸的"殷殷期望交织成网,我是多么快乐地束手就擒啊",但我在"快乐"了一段时间后就执意要挣脱这张期望的网。

"且叠沧海一袖间,聊把樊篱当家园"。这两句诗是我爷爷写的吗?还是我在祖屋那张摇摇晃晃的大木床上,因为蚊虫的叮咬,或者因为月光的恼人而无法入睡时随口念出来的,不得而知了。

几年前我爸爸在我奶奶去世后把我爷爷接到了东北,我爷爷住了不到三个月就又回到了祖屋。他说两代人因为多年远离已无法相容。

不能相容了就离开,我不知道这意味着一种胆怯还是一种勇气。

当我浮冰一样漂上这片新大陆,在一番骨肉震痛的消融和重塑之后,我又回到文学的怀抱寻求皈依,续做我爸爸的梦。

也许,该拥有的,就不能割舍;该背负的,就无法真的放弃。

我知道我回不到旧日家园了。我只能在异国划一方小小的清潭为樊篱，让心中的音乐幻为青潭中的波纹，不时等待熟悉的惊鸿来作意味深长的一瞥。

我爷爷被十六个红脸堂的健壮杠夫，披麻带孝的我爸爸，以及全村百十号老老少少送入了他生前相中的那块墓地，据说那块墓地背后有一片新生的竹林。

从此他安定下来了。

但我们的家族，仍然继续着"永远都在逃避，从来也不曾远离"的故事。

那座祖屋被留了下来。即便它在某一天坍塌了，还有这个被我用记忆的断片粘贴起来的文字瓦罐留下来，还有印在这张我爷爷和我爸爸的黑白小照上的泪痕留下来……

爱情在童心的投影

　　人是不能选择经历的，所以生命中会出现许多的猝不及防和不期而遇。经历过的人与事，要么被遗忘，要么被记忆，似乎全凭时光随意地处理。记忆是脆弱的，总试图回避触目惊心，回避肝肠寸断，但又常常无能为力，因为流入心湖的人与事，一定有其特别之处，有其理由，比如爱情，更比如，爱情在童心的投影……

一

　　童年时，我寄居在姥姥家。姥姥家隔壁住着一位军人和他的妻子。军人叔叔在外地工作，不常回家。偶尔回来，便成为邻里口头传播的重大新闻。叔叔举止斯文，声音温和，总穿一身熨烫得平整的军装，和那些灰头土脸的蹲在胡同口抽旱烟的男人们相比是多么的不同。叔叔在窄窄的胡同里遇到邻居，就立刻侧身贴着墙挺直地立着,使对方,无论男女老少,都不由得诚惶诚恐起来。

在那个军人被神化的年代,叔叔简直是英雄和理想的化身。

我记不得叔叔妻子的姓名了。我那时叫她婶婶。婶婶生得白皙清秀,天性安静,平日独来独往,行踪举止甚至有几分神秘。

有一天深夜,我在睡梦中被隔壁的争吵声惊醒。争吵越演越烈,接着婶婶的哭声就透过墙壁尖锐地传了过来。我从床上爬起来,跑到窗户旁向外张望。从窗口透过用木条连起的矮墙,我可以望到叔叔家的庭院。我突然看到婶婶抱着头,惨叫着,从庭院里飞快跑过,不顾一切地冲出家门。虽然她转瞬即逝,我还是借着不远处的路灯,看清了她散乱的头发,和额上的滴滴鲜血。她只穿一件白背心,一条白布缝的宽大短裤,在暗夜里像是从坟墓里跳出来的白色幽灵。

我吓得全身立刻缩成了一小团。这时军人叔叔也跑出来了,挥舞着一根粗大的擀面杖追打婶婶。叔叔上身穿着军装,却没有系纽扣。他的衣襟随风散开,像墨绿蝙蝠的翅膀,他下身也穿一条白布短裤,看上去与上衣完全不协调。不知过了多久,叔叔一个人垂着头回来了,手里仍提着那根擀面杖。

我似乎受了惊吓，几乎一夜未睡，一再追问姥姥婶婶挨打的原因。

做了不守规矩的事，姥姥说。

原来不守规矩就要挨打。女人为了爱，要付出血的代价。我以为叔叔是神圣的，只是因为我没有看到他世俗的甚至恶劣的一面，原来世间并无圣人。

那时婚姻意味着把一对男女像裹粽子一样捆在一起，不管他们的呼吸如何困难，他们的相拥如何冰冷。家庭生活看起来充满温情，其实在一对男女举案齐眉的平和的生活表面，有时还隐藏着彼此敌对的冷酷。

生活就在那样的一个懵懂的暗夜，给我上了第一堂我多年来都无法感激的爱情之课。

那一年我七岁。

二

上小学时，我几乎是班上年龄最小的女生，瘦瘦矮矮，沉默寡言，是班上男生共同欺负的对象。我好像并没有做错过什么，大概在一个集体中总要有一个人充当替罪羊的角色，因为我的家庭出身，这个角色便非我莫属。我实在无法忍受，很快就转到了另外一所小学，可是状况并无改观。我的新同学们很快就了解了我的背景，也以欺负我为乐，从而显示自己的本事。

我对上学毫无向往，我恐惧班上所有的男生，尤其那个块头最大的绰号"霸王"的男生。我连和他对视的胆量都没有。霸王一呼百应，连年轻的班主任老师都怵他三分。他几乎每天都要惹出一些乱子，所以常常会被教导处主任拉到办公室训话，而他在被训之后心情不好，就要拿我出气。至于出气的方式，倒是花样翻新的。有时他会一脚踩断我的油纸雨伞，有时会把我的书包从书桌里拽出来，扔到窗外。有一次我到窗外的灌木丛中寻找自己唯一的用了半截的铅笔，却怎么都找不到。天突然下起了雷阵雨，我全身湿淋淋地跑回教室，又遭到一番哄堂大笑嘲弄。

有一天，数学老师站在讲台上给我们讲解尺与寸的换算，我很专心地听课。同桌的男生轻轻捅了捅我的胳膊，把一个纸包塞到了我的手上。

"霸王给你的"，他低声告诉我。他是霸王的忠实追随者。

也许里面包的是一只死癞蛤蟆，我想，但我还是打开了纸包。我看到的竟是一块全新的上海牌手表！

在当时我周围的人中拥有手表的可以说是凤毛麟角，更何况是全新的上海牌。这样的手表大约值一百二十块，对我简直是巨大财富。我平生从未得到过类似的礼物，过春节我只得到一角压岁钱。我的心狂跳不已，手一抖，手表就掉到了地上。我慌忙弯下腰，把手表拾起来，还给了同桌的男生。我的同桌却固执地又要把手表塞到我手中，我立刻把双手背到了身后。这时数学老师注意到了我的动作，极威严地瞪了我一眼，但我相信她并没有看到手表。

我不敢对任何人讲起这件事，因为它太不可理喻，它绝不像1尺等于10寸那么简单。放学之后，我在走廊上和霸王狭路相逢。我注意到他已把那块手表戴在了他的手腕上。他竟破例低下了头，毫无声息地从我身边走过。我并没有转移自己的目光。现在，我可以正视他。

霸王对我的态度很快恢复了正常，只是当他在全班同学面前嘲笑我的时候，他不再正视我。这种局面一直维持到我们的年级重新分班，他才放过了我。

在很长一段时间里，我不能理解他的举动。如果他讨厌我，为什么送我如此昂贵的礼物？如果他喜欢我，又为什么带领众多男生辱骂、追打我？一个10岁男孩的举动竟使我理解了人性的复杂，使我后来对许多成人之间感情上的撕扯纠缠总有简单解释：

红尘男女情，无非爱恨交加……

三

雅秀是我父亲的学生。她的眼睛圆圆的,比一般女孩子的要亮许多。每当她走起路来,她的两条油黑的长辫子就在背后优雅地摆来摆去,让我十分羡慕。

那一年全国刚刚恢复高考,高三的学生都挑灯苦读。父亲对雅秀很有信心,认为她是进全国重点大学的人选。可是在高考前半年,雅秀的学习成绩开始下降,令父亲担忧起来。他找雅秀谈话,走访了她的家长,希望找出原因,然而一无所获。有一天,男生班长站到讲台前朗读自己的作文。父亲无意中瞥见了雅秀注视男生班长的眼神,才恍然悟出她学习成绩下降的原因:她已坠入爱河。父亲费了许多口舌委婉地开导她,劝说她把精神集中在学习上,但并不见任何效果。

在当时中学生恋爱是被严格禁止的,所以雅秀并无许多机会和男生班长接触,只能用眼神传达心意。眼神是无法被禁锢的,于是在那些日子里雅秀的眼神便愈发明亮。

高考发榜了,男生班长被北京的一所大学录取,而雅秀名落孙山。当男生班长乘火车离开故乡小城时,雅秀并不在送行的人群之中,而是在南郊区的一段铁路旁，一个人等待火车经过。后来雅秀告诉我，那天铁路旁的紫丁香的气息过于浓郁了，让她险些晕倒。

雅秀参加了父亲在家里组织的高考补习班，成了我家的常客。渐渐地，她变得有些语无伦次，最奇怪的是她常常在听课时莫名其妙地笑起来，笑得满面飞春。她的眼神依然明亮，却亮得有些吓人，仿佛夏日正午的光线，直直地照下来。

寒假时，男生班长没有回来，说是去南方旅游。第二年夏天，雅秀又落榜了。暑假时男生班长也没回来，因为要在学校里上选修课。"他答应我一定回来看我，他答应了就一定会回来。"雅秀反反复复地对我说。有一次她甚至冒着风雪跑到我家，就是为了再次告诉我这句话。她把辫子剪掉了，披头散发地立在我面前，眼中还有一层不变的憧憬。不知为什么，她的眼神令我全身发冷。

我在语文课上学会了"爱情"和"诺言"这两个词，可是在课堂之外我懂得了诺言其实常常是不被恪守的，尤其在爱情之中。

雅秀因为"花痴症"进了精神病院。出院后，似乎在一家百货公司卖过纽扣。后来我就不知她的下落了。据说有一段时间在南郊区的铁路旁，常会出现一个在丁香丛中赤脚疯狂奔跑的女人，我猜想那女人便是雅秀了。

爱情如闪电，可以照亮天地间的生命，同时也拥有不可思议的毁灭性力量。每次当我回想起雅秀，就不由自主地提醒自己：女人，是不可以把爱情当作生命之全部的。

因为那将是世间最危险的赌博。

<h1 style="text-align:center">四</h1>

12岁那年，我喜欢上了一个同年级的男生。男生个头高高的，是学校的仪仗队队长、跳远冠军。我和他似乎生活在两个不同的世界里。他受众人瞩目，许多高挑美丽的女生整日都恋恋地环绕在他左右；而我默默无闻，还没学会打扮，从未引起过他的注意。我常常幻想自己变成一只蝴蝶，追随他、观察他，看清他的面孔和眼神。

市里举行体育运动会，观众也要穿白衬衣，但我却没有。如果不是同班的一个男生借给我一件，我险些失去了做观众的机会。他穿一身白衣白裤，戴着白手套，走在仪仗队的最前列。他轻轻舞动指挥棒，跟随在他身后的仪仗队员们便敲打出相应的鼓点。他走得信心十足，朝气蓬勃。我坐在几千观众中间，注视着他的一举一动，小小的心随着他的仪仗队的鼓点跳动。那是我有生以来第一次，因为一个异性，心跳超出了正常频律。

跳远比赛的场地离我们学校所处的观众席很远。当他出场时,我就从自己的座位上溜走,坐到离跳远场地最近的观众席上。那是怎样的一个夏日啊。天蓝得那么纯粹,风轻得几乎让我感觉不到。他在阳光下热身、起跑、跳越……他矫健的身影成为记忆中的一道风景。

因为他,我希望自己能变得美丽、美好。

上五年级时,正好是市里恢复重点初中入学考试的第一年。学校重新分班,我和他同时进了重点班。那一年我的学习成绩突飞猛进,做了学习委员。因为他是体育委员,所以开班干部会时,我就有了偶尔和他交谈的机会。他有出人意料的幽默感,但他的幽默绝不流俗。我曾几次因为他讲的故事而开心笑过。在我并无许多欢乐的童年,这样的笑声便尤其令我难忘。

日子过得飞快,转眼间小学毕业了。升入重点初中之后,我和他没有被分到同一个班里。高中时我们就不在同一所学校了。我上大学后在老家见过他几面,曾对他说起过自己当年的迷恋,当然说得云淡风轻。他非常惊讶,因为他对此竟毫无觉察。那时命运已对彼此的生活做了安排,而我和他不约而同地顺从这种安排。我在北京工作时,他到北京出差,还去看望过我。我们像老朋友似的坐在一起海阔天空地聊。那天赶巧我做饭把右手烫伤了,手上缠着厚厚的纱布。后来他伸出手和我握别,我说就免了吧,他会把我的手弄痛,他一笑,露出两排整齐洁白的牙齿，说：

"我轻轻握……"

正如他许诺的，他最终握了握我右手四指的指尖，很轻很轻地……那是他第一次握我的手。

至今我还记得他当时的神情，还有那句带着几分真诚几分疼惜的"我轻轻握……"

因为从不曾拥有，也就无所谓失去；因为从不曾靠近，也就无所谓疏远。无论岁月之河淘尽多少往事，无论我的心境在人生的起落中如何变换，他竟在我的记忆深处获得了一份永远。

多年来，我先后在大洋两岸频繁地迁移，离故乡越来越远。阅读沧桑，也被沧桑所阅读，童心早已不再。爱，被爱；受伤过，也伤害过；有时热忱投注，有时冷眼观风月；撰诗著文，冥思苦想，始终尝试着，破解这一个魔幻的"情"字……

白头偕老的童话

　　从来都不曾计算过父母生活在一起的时间,也许多年来早已习惯了他们在同一屋檐下厮厮守守。直到前些天给家里打电话,听母亲说起今年的十月一日,是父母的结婚纪念日,才惊诧地发现他们已相携走过了四十年的风风雨雨。

　　四十年,仅这个数字本身就可以使我的心在放下电话之后颤动许久,更不要说他们在漫长的岁月里留下的相濡以沫的点点滴滴。

　　我想许多人都给了自己的爱情一个浪漫的开始,而后就不由自主把爱情,这世界上最美好而又最脆弱的东西,放逐到现实之中,与现实的严峻和琐碎搏斗,这样年深日久,爱情也许不断成长,也许片甲不留。

　　我父母的爱情也不无例外地有着不同寻常的开始。四十几年前,母亲在一所中学的食堂做管理员,父亲在同一所中学当语文老师。那时父亲沉醉于诗书,总是最后一个到食堂吃饭,使得母亲每天为了等他而不得不推迟一小时下班。母亲最初厌烦恼怒,与父亲吵闹了几次之后却不知不觉地坠入了爱河。

人在爱的最初常常是爱着一个幻影的,只不过当爱人的真实形象取代了幻影,许多人张开了双臂拥住了那个真实的形象。我母亲当年爱上的是那个饱读诗书、不食人间烟火、随时可能名扬天下的青年才子,但在结婚五年之后,当父亲被剃了阴阳头,挂上黑板沿街批斗时,当父亲被剥夺了阅读、写作和教书的权利之后,母亲还是守在父亲的身边。

在后来的许多年里,我的父母从来没被称过模范夫妻的,他们之间有过许多争吵,抱怨,冷淡,伤害,甚至几次他们都准备放弃对方。我十三四岁那年,有一次父母吵了整整一夜之后,决定第二天早晨就分手。第二天恰巧是父亲工作也是我上学的学校开运动会的日子,父亲必须去组织学生参加运动会,就推迟了办理离婚手续。

那天我被老师推选做运动会的播音员,和学校的校长,主任以及另外一个男播音员坐到了高高的主席台上。我至今还清楚地记得那天我穿了一件宽大的白衬衣,头发因早晨来不及梳理而蓬乱。因为一夜无眠,因为心里充满了对即将来临的家庭分裂的恐惧,我瘦小的身体在宽大的衬衣下瑟瑟发抖。正午的太阳没有暖意,所有奔跑的身影，舞动的手臂在我眼里都变得像玩偶一样机械。我实在无心去读那些"运动场上红旗飘，运动健儿逞英豪"一类的东西，我的声音疲惫嘶哑，被扩音器放大以后，听起来令人心悚。

我的恐惧和苦痛在那一天得到了放大，放大到了足以震动坐在台下的父亲。

那时我还没有学会掩饰，还不习惯分离，无力做出任何选择。而在父母之间做出选择，永远是最艰难最令人锥心痛恨的啊。

父母最后还是选择了相守。

当时我以为是我使他们不忍彼此放弃。现在想起来，也许这中间还有更深层的原因。也许每一个人在婚姻中间都会有重新选择的可能，会有机会选择一个似乎更令自己动心，更适合自己的人。

也许爱人是可以被替代的，但是爱人之间的一段患难与共的历史却无法复制。

如果父母不曾在三年困难时期互相推让仅有的一碗粥；如果母亲不曾在父亲蹲牛棚的时候日日探望；如果父亲不曾在劳改的漫长十年中，一次次不顾惩处顶着狂风暴雪奔跑着回家看望；如果母亲不曾在父亲蒙冤身陷牢狱时给父亲送去新缝的棉被……他们也许早已劳燕分飞，形同陌路。

所有的磨难都会成为过去,而在磨难中爱人之间的相互扶持,相互安慰却永远不会消失,这种扶持和安慰早已化作了一缕旋律,时隐时现地贯穿了他们的整个婚姻生活。

四十年前,父亲在集体婚礼中郑重地牵起母亲的手,那时的母亲初展青春红颜;四十年后,当父亲再次牵起母亲的手,母亲已是鬓发如雪。四十年中,流走的只是岁月,留下的却是无法言喻的相依相守的感觉。

我知道我从内心深处向往这样一种相依相守,一种从未被岁月的严峻所割裂的持续感觉,一种纵然蜡炬成灰而盟誓无改的完整感觉。

由此我感激父母。这许多年来,我在海外漂泊如萍,他们使我心里永远有一个完整的家可怀念,可思恋,可以对之低语,对之垂泪。

我没有继承他们对婚姻的耐心,和永不放弃。也许今生我已无缘享受与某个人四十年同舟共渡的喜悦,无缘在所有风起浪涌的日子毫不犹豫地向一个厮守在自己身边的人托付内心的沉重。

对于我,白头偕老已成为一个童话。

有情人终成眷属是古典的童话,成眷属者偕老白头是现代的童话。

也许,我们这一代的许多人,只学会了为爱燃烧,却不能在燃烧之后使爱情蝉蜕出新生的凤凰；只在意一时拥有，却失去了在柴米油盐中间倾听爱，抒写爱的天长地久。

前几天我被一首歌深深打动了。歌中唱到："世上最浪漫的事，是和你一起慢慢变老"。从前在我心目中，世上最浪漫的事是什么呢？是埃菲尔铁塔下的初吻？还是泰坦尼克号上的销魂？如今当我无可挽回地给自己的青春画一个句点，当我蓦然回首，试图寻觅生命里一面鲜艳的旗帜，映照青春燃烧后而留下的废墟，我才懂得了，原来这世上最不可替代不可忘怀的浪漫，是像我的父母那样，相携相伴，慢慢变老。

静默地守候

有一对美国老夫妇是月明餐馆的常客,他们一周大概来三四次,认识在这里做工的每一个人。每次他们进门,总是老头挽着老太太。老太太双手紧紧地搂着老头的左臂,似乎把全身的重量都吊到了他的胳膊上。她的头有些无力地贴着老头的肩膀,艰难地迈着每一步,但她的神情却是平静的。老头一向都是笑微微的。他也已老态龙钟了,又因为挽着不能独立走动的老太太,他的背驼得更深了。两人小心翼翼地挪动着,从餐馆门口到座位短短的一段路,他们要走上10分钟。

等他们在自己的座位上休息了一会儿,老头又挽起老太太,到自助餐餐台前拿食物。老太太用手指一一点着喜欢的食物,老头就一一替她夹到盘子里,再挽着她慢慢地走回座位。

两人的晚餐就这样无声地开始了。老头总是用餐刀细心地帮老太太把肉切成小块,然后看着她吃下去。老太太在先生的注视下，吃得津津有味，脸上出现了因为受宠爱受怜惜而满足的神情。

后来餐馆里添了龙虾，老头就常常点上一只给老太太吃。橙红鲜亮的龙虾被装在一个乳白的长盘里，再配上碧绿的生菜，使满桌生辉。老太太的脸上立刻出现了孩子般活跃的表情。老头用蟹钳小心地夹碎龙虾壳，然后用叉子把雪白的龙虾肉挑出来递给老太太。两人并没有很多交谈，只是在每一个细小的动作中流露出一种难以言传的默契。

虽然他们是相貌平常、衣着朴素的人，但是在这间灯光柔和、装饰得颇有几分东方色彩的餐馆里，在傍晚的一段因客人稀少而难得的清静中，在背景音乐丝丝缕缕的笼罩下，他们相对坐在离餐台最近的那张小小的餐桌边，老头对老太太的照顾无微不至，和老太太对老头无处不在的深深依赖，却在不经意中构成了一幅温馨的图画。

每当这个时刻，我都会注视这幅图画，反复叩问自己，在我的生活中是否有一个人，能在我容颜枯萎的时候，给予我这样的注视，这样的关怀？

每当这个时刻，英国诗人叶芝的诗句就会涌到唇边："多少人爱你青春欢畅的时辰，爱慕你的美貌，假意和真心，只有一个人爱你衰老的脸上痛苦的皱纹，爱你那朝圣者的灵魂。"

两位老人吃过了饭，老头总是扶着老太太去洗手间。老太太一个人进了洗手间，只好扶着墙壁慢慢挪动。老头就等在门旁，万一老太太摔倒了，他能听得见她的叫喊。

这时候餐馆里的客人就多了起来，他们吵吵嚷嚷，往来如梭地到餐台前拿食物。许多人都用奇怪的眼光盯一下这个谦恭地站在女洗手间门前的老头。他低着头，看着自己脚前的一小片地面，垂下手，用一只手握着另一只的手腕。男女洗手间的门之间有一个很小的角落，当客人要进洗手间时，老头就退到那个角落去，而且尽量地把自己的身子缩得更小。有时要过半个多小时，老太太才会从洗手间出来，老头就这样几乎姿势不变地耐心地等着，等着。

老头在人声的喧闹中，在肤色各异、胖瘦不一的客人的冲撞中，垂手站立的姿态在我的记忆深处站成了永远。由此我感激生活，因为生活在劳我筋骨的同时，又在许多个瞬间赐予我感动，使我发现自己内心深处真正的渴望：渴望有这样一个人，能在漫长的岁月里，在每一个我的身体病弱无力我的灵魂无处托付的时刻，无怨地静默地守候着我。

两性朋友

男性朋友

男性朋友和男朋友，一字之差，对女人的意义却大不相同。男性朋友的时髦代名词是蓝颜知己，男朋友则指恋人。区别男朋友和男性朋友的标准在于是否与女人有染。

女人与男朋友非常贴近，难免双双变成冬天的刺猬，被彼此的刺扎痛，一旦分手可能老死不相往来，所以女人和男朋友之间的距离也许咫尺般靠近，也许天涯般遥远。

女人和男性朋友的距离却保持不变，由于恒定反倒生出几分温馨。十年、八年不见，再遇到时，他会亲切地拍拍你的脑门儿，他还是那个永远理解你的朋友。

你和男性朋友什么都谈，就是不谈恋爱。

男性朋友总是很爱护你,见你受伤会难过,看你流泪会动容,不会拒绝陪你醉几回。你被男朋友抛弃了,他会告诉你天下还有更爱你的男人等着你,你要保持明媚的笑容。

男性朋友是许多女人不肯丢弃的Fantasy(幻想),也许因为与生俱来的浪漫情怀还没有完全被世俗泯灭,也许因为他在某些方面比自己的男朋友优秀。女人都希望自己是磁场,能吸引到不同形状的铁钉,这点贪心其实也值得原谅。

男性朋友没有占有欲、指使欲、嫉妒心,如果有,也早被他巧妙地藏匿起来,或压抑下去。

当然男朋友和男性朋友之间没有截然分界。旧日男朋友可能变成男性朋友,如果你能沉静把握;男性朋友也可能演变成男朋友,但若不成功,则很可能多了个敌人,少了个朋友。

女性朋友

女人要有同性朋友,一起看电影、购物、旅游、交谈……而交谈的重点当然是男人。美国电视剧《欲望都市》的最大看点不是四个女人与多个男人的关系,而是她们聚集在一起,精辟万分地讲评男女关系。

女友总是很懂你，很贴心。

我在美国有一位女朋友，平素很少和她通电话，但在委屈、痛苦的时候，我就打给她，痛快地大哭一场。只要她每年接听一次我的电话，就是我一生不改的最亲密女友。

许多女人在情场屡屡失意，常是缺少女友或不听女友劝诫的后果。

如果你未婚，女友会理智地替你分析候选单身男士，帮你确定择偶标准。她会劝你不要找年龄比你大太多的男人，过了五十岁你就变成他的保姆；不要找离婚但有小孩的男人，在北美，离婚男人每月拿出的抚养费可不是一笔小数目呢；不要找低薪族，要知道贫贱夫妻百事哀呀……

如果在你的婚姻中出现第三者，女友会为你仗义执言，甚至还可能出面把第三者痛骂一顿；如果你自己不留神成了第三者，女友会对你棒喝一声，或者好言相劝，使你迷途知返；你抱怨自己的丈夫，女友永远是你最忠实的听众，但当你的婚姻面临沉船危机，女友会苦口婆心，拼力拯救……

总而言之，女友希望你幸福、快乐。

有女友真好，只要她不变成情敌。因为女友了解你的弱点，一旦变成情敌，那你非输得一败涂地。

不该说"应该"

有一位西方朋友告诉我,"Should is a cursing word.(应该是一个骂人的词儿)"我很吃惊。学了这么多年英语,说过很多次should,没料到却骂了人。后来查查《牛津英汉词典》,才确认此词无伤大雅,不过语气强硬,表示义务、意见或劝告,让人不太舒服罢了。

人们每天听到很多指令、意见或告诫,比如"你应该去倒垃圾","你应该戒烟","你应该工作得更积极些"……should一词简直无法避免。可是人们不喜欢听到这个词,不愿被人指出自己的不完美,更不愿改变生活或工作方式。

在崇尚自由的国度里,should一词压抑了自由,人们不但从心理上,还要在行为上自觉抵制,所以不该说"应该"。

移山容易,改变一个人难。与其冒着骂人的风险劝告别人,还不如把话说得委婉一些,或许效果更明显。

一对夫妻可能因说了太多should而分手,一位老板可能因为说了太多should而失去优秀员工,原因就在于指令的语气永远比商量的语气让人难以接受。太太如果说,你要能把垃圾倒了,那该多好啊。先生便会乐颠颠地去做了，皆大欢喜。老板如果说，你要是工作更主动一些，你会更有成就的。员工的积极性也就被调动起来了。

不管男人，还是女人，骨子里都是敏感的。一词之误，可能伤害自尊，也可能伤害感情，因此说话需讲求婉转，语言的艺术不正是人生的艺术吗？

烛光晚餐与爱情

在北美，男女约会为什么常常要从烛光晚餐开始？背景音乐、温暖烛光营造浪漫氛围，但更重要的是，食物能在短时间内拉近男女之间的距离。有什么能比色香味俱佳的菜肴更容易引发共同话题、共同兴趣？

食物在男女关系中扮演的角色非同小可。

对于结婚或同居的男女，共同进餐是生活的重要组成部分。在餐桌上交流，是了解对方工作、健康、情绪的最好机会。当其中一方身体欠佳时，表示深切关怀，自然要烹煮安慰食品；当双方产生争执，做一桌精美的晚餐，是表达歉意的有效方式。

素食者和杂食者生活在同一屋檐下，难免要产生戏剧性冲突，结果很可能是要么改变对方，要么分道扬镳。素食者一想到情侣大嚼动物内脏，大概会不寒而栗；而杂食者会认为对方生活缺少情趣。双方逐渐失去共进晚餐的愿望。一对情侣若来自不同文化背景,在饭桌上容忍与妥协必不可少。当然也有很多国际情侣勇于尝试不同食品,分享意外的惊喜。如果双方都是饮食方面的冒险者,那么住在多伦多这样的国际城市,是一种幸运。在这里几乎可以找到世界各国的食物。

孤独给人的最大威胁便是一个人进餐。二月的"情人节",和今年安河新增的"家庭节",使单身者承受更多孤独的考验。有人陪伴,晚餐滋味要美妙得多,因此人们对爱情的向往,从来都包含着对烛光晚餐的向往。

爱与喜欢

一对男女初识,往往分不清爱和喜欢。

原本只是一份温馨的喜欢,却当成了情定前生的爱;或者原本是相濡以沫的爱,却演绎成了一场不经意的喜欢。

红尘中最难解的,是一个"缘"字。

所谓旁观者清,当局者迷,只因情缘缠身,而爱和喜欢,不像一层窗纸,轻易就会被捅穿。

爱和喜欢,仿佛海水和海滩;海水涨上来了,淹没了海滩,爱就是喜欢;海水退下去了,露出了海滩,爱就是爱,喜欢就是喜欢。

喜欢可以海滩般永久期待,爱却会奔流异地,一去不返。

喜欢的,可能会爱上。爱过了,却很难再喜欢。

喜欢一个人的感觉,是平和的,仿佛清风拂面,或者是在雪夜坐在壁火前;爱一个人的感觉,却是激烈的,忽而艳阳高悬,忽而雷鸣闪电。

有人说喜欢是一杯清茶,爱是一杯烈酒。茶可以随意饮,酒却会醉人。

喜欢是轻松的,总以微笑表达;爱却不免沉重,有时还要有眼泪相伴。

喜欢不求回报,爱,却要求拥有和权限。

可以喜欢几个人,也可以被几个人喜欢;可是爱,却是唯一的、排他的。

喜欢,只是倾听、安慰、淡淡的关怀……爱,却是倾心投注、无微不至的体贴、不可替换的依恋,是肝胆相照、风雨同舟,是不计得失,无悔无怨……

喜欢来了,生活中多了几分温暖;爱来了,生命才会脱胎换骨般美轮美奂。

喜欢走了,日子变得清冷;爱走了,留下铭心痛楚和记忆中的永远……

第一千零一种浪漫

　　男人的浪漫有千种，其中之一必是最别致最出奇。那浪漫之最似乎常常发生在求婚或结婚的那一天。

　　英国的一位24岁的男子为向相识10年的女友求婚，独出心裁，竟然请求母校的200名学生在足球场上当"笔画"，用身体拼出"Merry Me（嫁给我）"的字样。他带女友坐直升机来到母校上空，女友看到地面上奇特的"求婚语"彻底惊呆，含泪答应了他的请求。这位男子不但精心策划浪漫的求婚，还慷慨动用人力和物力；英国的另一位男子更上层楼，索性在天空挥洒浪漫。2008年，他和新娘，还有一位牧师各自站到一架飞机上。伴随着《婚礼进行曲》的抒情节奏，三架飞机缓缓升空。幸福的一对在高空举行了婚礼仪式，相约偕老白头。浪漫，被插上了想象的翅膀，还需要金钱引擎来支撑；温哥华的一对情侣2012年在一辆公车上偶然相遇，随即携手踏上爱情之旅，并细心收藏了当天购下的车票。今年在同一辆公车上,他们举办简单的婚礼。不摆盛宴,不着华服,没有宾客云集的恭喜,只有至爱亲朋的祝福,他们把世间普通的地点变成了浪漫的爱情圣地。

浪漫求婚和结婚的例子也有千种。无论怎样的新颖独特、感天动地,都在一日中完成,相对于人生长河,不过是一朵优美的浪花。而在平常日子里的温情,比如情人间的轻轻一吻,才是第一千零一种浪漫。

几年前,我曾在一篇游记中写道,男友在布拉格的查尔斯大桥上亲吻我,被一班女友开了一堆玩笑。这把年纪了,还浪漫?还有亲吻的情致?一吻,牙都掉下来了,顿生负罪之感。他人不亲吻,我独浪漫,怎能不生负罪感?不过她们也太夸张。她们大多为60后,前后排牙齿尚完好,不要说亲吻,即使热吻、狂吻,也可以所向披靡。在世界很多国家举行的接吻大赛中,中年参赛者大有人在。看来她们不是无力,而是无心亲吻和浪漫。常在安大略湖边看到一对对年过七八旬的老人,相携漫步,间或停下来,轻轻亲吻;或在地铁入口处瞥见一对中年男女相互道别,在熙攘人群中匆匆一吻。亲吻,不论是在悠闲还是在奔忙的生活中,都是一个优美的休止符。一瞬的亲昵,便有余香盈口,令人容光焕发;一刻的无言交流,便胜过诗与歌。人海苍茫,世事炎凉,身边有人陪伴是幸运。幸运而不享受,岂不是莫大辜负?根据德国心理学家的研究，每天早晨与配偶亲吻的人将比不亲吻者多活5年！经常亲吻者发生车祸和生病的可能性比不亲吻者小。天哪，不吻才犯傻！在生命的每一天里亲吻,体验、延续感情，不要等到情人节。即使牙掉光了，唇还在，亲吻照常进行。

男人关注所爱女人的生活细节，更是点点滴滴真真切切的浪漫。如果她早晨贪睡，为她准备好早点和维他命；如果粗心的她把钥匙忘在家里，跑回家给她开门；当电脑出现故障，替她修理好；在她开车时，为她看地图指路；在她过生日那天，亲手做一个奶油蛋糕，并点缀上鲜红的樱桃；当她病了，给她端水倒茶，在医院的病房里陪她度过漫漫长夜……世间少有几十年轰轰烈烈的爱情，却多有微风细雨的温情。

哦，第一千零一种，这说不尽的滋润一生的浪漫呦……

背灵魂回家

回家的路，总是漫长。

从多伦多出发，经过十三个多小时的航程，再搭乘两个小时的长途汽车，终于抵达中原的一座小城。我已疲惫不堪，更不堪的是对别样重逢的期待。我走进家门，迎面撞见照片上风华正茂的父亲：浓黑的发是青春见证，鼻梁挺直正如他的个性，而他的眼神穿越岁月的雾霾风尘，明亮坦诚。照片下是他留给我的全部遗产：大约三千册书。它们立在质地不同的书架上，却拥有同样静默等候的姿态。在那一瞬满屋的窗户似乎轰然洞开，跨洋过海的狂风撼动我的心树，摇落一地哀伤的果实。

上一次回家是在一年多以前，父亲在尝试了多种疗法后，仍勇士般地与肺癌对峙。谁料到在我离开后不到两个月，他竟在死神面前折戟沉沙。我身居万里之外，几乎每天都会有表面上与他无关的细节，引发我的联想。仰望太阳悬在一碧如洗的天空，想到他再感受不到温暖的阳光，眼中开始落雨。此后电视里播放陌生人去世的消息，都会为死者儿女难过，因为深知丧亲之痛。创伤被时光的白纱布潦草地包裹，此刻面对父亲的遗像和他多年的收藏，怎么躲得过心神俱裂？

父亲的照片是黑白的，摄于20世纪五十年代。那时他正在读大学中文系，文采出众，担任学生刊物的副主编。他发表过一些短篇小说，甚至荣获省级文学奖。不久，他因言获罪，毕业后他自愿到东北边疆小城教中学语文。命运似有一根冷酷的手指，在神秘的典册上轻轻一拨，就把他的名字划入阴影档案，在后来的20年里，始终不肯放过对他的折磨。"文革"伊始，吴晗先生惨遭迫害，父亲因与他的书信往来被定成"黑帮分子"。父亲被"红卫兵"剪成"阴阳头"，挂着大黑板在全市大会上挨批斗，站在卡车上游街……他的新鲜出炉的小说集被送回印刷厂打成纸浆，同时被打碎的，还有他的文学梦。我出生那天，他正被关在"牛棚"里"反省罪行"。他请看守带一张纸条给我的母亲，上面写着给我取的名字。晓文，通晓文学，他是以我的名字寄托文学梦想啊。

我慢慢地抚触一排排的书籍，书脊上似乎还有父亲的温热。20世纪六十年代，父亲被下放到东北偏远的小山村劳改，把我背到那里，寄养到一位农民家里。一年后，他又背我回城，把我送到了姥姥家。他的脊背是我童年的摇篮。他在农场里种地、赶车,7年后才回城,仍被剥夺教书的权利,只能在学校的工厂里打杂。1976年夏天,他因涉嫌"右倾翻案风"蒙冤入狱,险些被判处死刑。在他坐牢的那段日子里,我被邻居唾弃,被同学欺侮,一个人躲在小屋里读他的藏书,以文学的烛光抵抗了生命中的黑暗。

书和酒,是他平生的两大嗜好。他在书的清醒与酒的混沌之间摇摆了大半生。至此我才领悟到,他因一连串的悲剧遭受精神伤害,企望从酒中得以逃避,但也许只有书,才是他横渡苦海的帆船。

我决定从父亲的藏书中精选出几箱,海运到加拿大。这些书随着父亲辗转过多个城市,又将随我开始新一轮的迁徙。没有了父亲,家就失去了从前的深沉含义。我能做的,只是带走一些书,留存生命的记忆。

可这选择是多么痛苦和艰难的过程啊。

翻开每一本书,都有数不清的仓颉创造的精灵跳跃出来,使世界霎时变得不同寻常。2005年回国时,我带走了《二十四史》的前20本,这一次把后面的46本装进了纸箱,从此至少拥有了历史的完整。父亲说过,每一个人都要学习历史,尊重历史。我找到了罗曼·罗兰的《约翰·克利斯朵夫》。多年前当我开始攻读世界文学专业的硕士时,父亲就开始收藏外国文学作品。他知道《约翰·克利斯朵夫》是我最喜欢的名著之一,居然一口气买下了三个译本。作品扉页上的那几句话，总能引起我的共鸣：
"曾经孤独，曾经痛苦，曾经流浪，曾经创造。"

我看到了自己写的几本书。那些在异国的寒冬依靠书中文字取暖的日子，又在记忆中踏雪而来。父亲在我出版第一部小说之后，兴奋地买下100本，送给他的老学友们，似乎向他们宣告，我承继了他对文学的拜谒和对文字的热爱，他的文学梦如凤凰涅槃，死而复生。

我慢慢地取下两部装帧朴素的高考文言文辅导书，那是父亲编著的。几年前，当他得知自己患了不治之症，不顾亲人的反对，抓紧分分秒秒写书。他执教将近半个世纪，决意把中学语文教学经验留给后人。我难以想象他在接受化疗、理疗期间是怎样坚持工作的。这两本书总共不过六百多页，但蓄满意志的力量，在我手上重若千钧，使我从此在写作中再不敢轻言放弃。

我的目光被普希金诗歌集吸引了。翻开封面，就如开启岁月的荧屏，再次置身于熟悉的场景。多年前父亲站在四壁皆空的小屋中，慷慨激昂地背诵《纪念碑》：

我为自己建立了一座非人工的纪念碑，

在人们走向那儿的路径上，青草不再生长

它抬起那颗不肯屈服的头颅

高耸在亚历山大的纪念石柱之上。

不，我不会完全死亡——

——我的灵魂在遗留下的诗歌当中，

将比我的灰烬活得更久长，和逃避了腐朽灭亡，

我将永远光荣不朽，

直到还只有一个诗人，活在月光下的世界上……

父亲没有成为诗人、作家，但他得到了众多亲友和学生的爱戴，而我朝朝暮暮用回忆的笔，在无形中写下他生命中一个又一个篇章，如今他的传记在我的世界里铺天盖地。在我们的心中，耸立着一座专属于他的"纪念碑"。

我身居非中文环境的异国，在业余时间用一支不懈的笔，画一方精神清潭，使深情的兰花在水中四季绽放。也许我和千百位海外写作者一起，背载中华文化遗产，永远行走在回家的路上，正"建立一座非人工的纪念碑"，以文字"唤醒人们善良的感情"。

背灵魂回家

学会倾听

转眼间，我在北美生活整整十年了。十年中，泪遗沧海，回首已是悲喜两茫茫了。当我重读旧作，在汗颜的同时，又庆幸无意间留下了一行心灵的轨迹。轨迹时浅时深，至少见证了一个文人的真诚。

也许是因为我骨血中的平民本质，我总是不由自主地把目光投向小人物，爱着他们的爱，忧伤着他们的忧伤，比如落魄了的，而又无法割弃艺术的画家徐幼鸿（《全家福》），在灵与肉的矛盾，去与留的困惑中挣扎的卢克（《旋转的硬币》）；也许中国北方雪原的博大与坚韧在我的内心打下了深深烙印，我总是偏爱刚烈而缠绵的个性，像在兄长自杀事件的阴影下了结爱恨情愁的维维安（《维维安在美国的最后一天》），还有失却了爱情和职业而不懈构筑精神世界的雁然（《无人倾听》）……

一个作家，每完成一篇作品，无论其题材如何，角度如何，都是向世界裸露一次自己的灵魂。在海外，在一个非母语的环境中写作无疑是寂寞的，但又是快乐的，因为倾诉本身就是一种快乐。

不但倾诉，还要倾听。美国当代长篇小说《天堂里遇到的五个人》中曾说，人刚进入天堂时立刻失掉了说话的能力，因为这样会帮助人学会倾听。而对于写作的人，等到了天堂才学会倾听，似乎已经太迟。我只是希望自己能在人间留心留意，倾听别人的心声。这也正是小说《无人倾听》的创意所在。

我从2003年就开始构思《无人倾听》，甚至写了几千字，但无论如何无法完成。到了转年的十一月，偶然得了一场重感冒，喉咙完全哑了。有一天下班后，我毫无目的地漫步在多伦多萧瑟的街头，思绪被一些似无关联的心痛往事拨动着，突然有两句诗就涌到了唇边：

"我的歌喉暗哑，但在漂泊的途中，我依然拉起了滴血的心弦；我选择了我的方式向世界倾诉，从此点燃生命的灯火抵御黑暗……"

而雁然这个人物瞬间如此贴近地立在我的面前了。

那天夜里，我发着烧，把全身裹在毛毯里，一边擦鼻涕，喝止咳液，一边打字。当我写到结尾处，泪水决堤而出。

写作，仿佛是杜鹃的吟唱，不停歇地歌咏生命与希望，直至啼血。

人可以失败，但不可以被打败。这是我试图在《无人倾听》中传达的主题，也是我一向热爱的主题。命运可以拿走一个人的金钱、职业、爱情，可是永远拿不走才华、信心还有尊严。而文学的力量之一就在于激励人们发掘自身存在的价值，在命运的折磨面前永不放弃。

在这个小说集里，比较特别的一篇是我在1997年基于自己的一段童年往事写的《黑桦》。那段往事构成了一片生活的真空，使我原本应该健康成长的情感胚胎猝不及防地陷于羸弱，因此我在以后的许多年里始终渴望补偿；使我踉跄地由童年迅速地步入了成人的世界，并常常不由自主地以一双近乎宿命的冷眼审视自己在人生中的努力。小说《黑桦》是我对一个弱小生灵的温柔的怜悯，对那个抱着黑桦站在清冷的街头，绝望地等待刑车经过的小女孩的一次意味深长的回眸。我想记录的是一颗童心在独对世态炎凉时的轻微颤动，和对人生变故的默默承受。

当我初到海外，情感世界陷入新的真空，当我在美国的红尘中几乎无法延续自己的精神生命时，我依靠文学中的回眸拯救了自己。

黑桦是我平生养过的唯一的动物，留给了我生命中一片难以填补的空白，但值得安慰的是我在借岁月之镜观照往昔之后，以自己的文字，表达了一些对生活悲剧的思考与回味。

由此也就注定了我一生以心灵写作。

从童年开始与孤独对抗。在这场旷日持久的搏斗中，我发现自己有些像大战风车的唐·吉诃德，而文字是我手中的长矛。

终于有一天，我、文字、还有孤独，在彼此的影子里相拥而泣。在异国的月光下，我含泪带笑地踮起脚尖，伴随我笔下的人物舞蹈，讴歌生与爱的欢乐，并祈愿那些善良的，正在痛楚漂泊，执着奋斗的人们一路平安……

（此文为《曾晓文中短篇小说精选》后记）

一生只能有一部

几个星期前，我看了一部美国电影《Walk The Line》。电影中有这样一个情节：当男主人公John Cash还默默无闻时，曾在一位音乐代理人面前演唱。他唱的是一首当时很流行的歌曲。他只唱了一分钟，就被代理人不客气地打断了。代理人问他，假如你被一辆卡车撞翻在地，剩下的时间只够你唱一首歌，Only one song（唯一的一首歌），你会唱什么？这首歌要表达你对整个生命的感受。你是唱电台里每天反复播放人们听腻了的歌，还是唱出你真情实感，唱一首特别的歌？一首人们想听到的，真正拯救生命的歌……后来John Cash就唱了一首他自己写的歌，从此渐渐走上了成功之路……

音乐是这样，文学又何尝不是如此？

4年前，我就仿佛被命运的卡车撞倒，奄奄一息，感觉自己剩下的时间只能写一本书，来表达自己对生命的感悟，于是创作了《梦断德克萨斯》。我的生活不是以我去美国或来加拿大的日期，而是以《梦断》来分界的。《梦断》之前是前生，《梦断》之后是今世。所以这个作品对我来说是独一无二、不可取代的，是My only one song（我唯一的一首歌）。

《梦断德克萨斯》，一生只能有一部，并不是说我正在写的作品和我将来写的作品在思想上、手法上不能超越自己，而是就我在创作过程中所倾注的情感而言，在《梦断》中达到了极限。

从2002年开始动笔，我和自己笔下的人物一起走过了一条漫长的路。这中间经历的情感震荡，真是一言难尽；至少有十次几乎放弃，最终还是一次次回到电脑旁，在键盘上尝试着谱写我生命里的一部心灵的音乐。

现在回味创作体验，感受最深的是三大痛苦。

第一大痛苦，是取材之苦。小说中的情节时间跨度9年，素材很多。如果把美国监狱、赌场、男主人公阿瑞的经历铺展开来，都能写成一本书。素材的取舍让我很伤脑筋。后来我决定把笔墨花在女主人公舒嘉雯的心路历程上。要表现舒嘉雯的性格，必须把她放在两难的选择之下，通过她在命运重压之下选择的行动来表现她的性格。压力越大，她的选择就越能显示她的性格真相。从本质来讲，主人公创造了其他人物。其他所有的人物之所以在小说中出现，主要是因为他们与舒嘉雯的关系，因为他们对舒嘉雯心灵成长起到警醒或促进的作用。我最初设计的至少还有三个人物，他们的故事也很精彩，可对舒嘉雯的性格塑造没有帮助，就舍弃了。当我千挑万选地把素材整理好了，就进入了第二大痛苦，建立架构之苦。

我对这个小说的结构做了几次修改。最初的写法是意识流的结构，即把舒嘉雯9年美国生活的时间顺序完全打乱，通过零散的回忆把故事讲述出来，但读起来给人一种情绪时常被间断、被阻隔的感觉。这时有一件事触动了我。那就是我的短篇小说《旋转的硬币》得了《联合报》文学奖。一位评委说给我评奖是因为我没有玩弄技巧，也就没有犯错，我的小说在题材在表现方面就有了深度。我想在《梦断》中，我就老老实实地讲了一个小人物的故事，这样我开始对整部小说重新洗牌，把舒嘉雯进监狱之前的经历一次回忆完，使读者很容易捕捉到完整故事的脉搏。我还对开头反复修改，把舒嘉雯入狱的情节一再提前，力求先声夺人。即便如此，有出版社的编辑至今还认为开头的进入有些慢。对结构的整个调整，工作量非常大，几乎耗尽了我的全部耐心。可是，出乎意料之外的更大的痛苦还在后头，那就是第三大痛苦，表达之苦。

坦率地讲，这个小说发表、出版后，我至今没有通篇重读过，主要的原因是惭愧。文学实在是永不可能完美的艺术。我一生中最大遗憾就是我的语言不能表达我的思想和情感。每翻到一个章节，就觉得如果重写，可以写得更精炼一点、更传神一点。对几处高潮情节，比如舒嘉雯和阿瑞在太阳城的重逢、阿瑞出狱、机场送别等，都没有达到预期的淋漓尽致的效果，可我已经无能为力。写到最后，似乎把情感和体力都耗尽了。写作，像杜鹃歌唱，直至啼血。当时的感觉就是不在表达中疯狂，就是在表达中解脱。当然，此刻能在这里清醒地回顾创作过程，足以证明我是在表达中解脱了。

当我完成了《梦断》，我在后记中写到，"从此，我的一部分生命便离我远去了，我可以轻松一些走未来的路。仿佛一个在舞台上疲惫嘶喊了多时的演员，在曲终落幕之后，洗尽铅华，终于在静夜里有了无梦之眠。"

文学也可能成为一座监狱，你必须服满你的刑期。如果你正在写一部小说，不要因为我所描述的创作之苦而停滞不前，因为小说发表、出版——那快乐而自由的一刻即将到来。

三月的一天，我到邮局去取《梦断》样书。站在邮局的门口，发现夕阳美得有几分特别。翻着这本书，我有一种庆幸的感觉。这个作品能在海内外同步发表，在纯文学出版市场这么低迷的今天，又能被百花文艺出版社赏识,顺利出版,是一大幸运。因此我很感谢我的责编董兆林先生。

创作让原本空虚的生命充实,让原本容易流俗的生活得到了提升。从这个角度讲,不是我写了这本书,而是命运通过这本书拯救了我,所以说,《梦断德克萨斯》对于我,一生只能有一部。

（此文为在新书《梦断德克萨斯》发布会上的讲演）

被遣送的和被离弃的

2009年夏天,我驾车从多伦多出发,经魁北克城,去新斯科舍省旅游。一路上风景如画。白日游览,夜间在帐篷中宿营。渐远渐行,心情却愈发平静。生命到了这一年,似乎所有与命运的冲突,都被淡化。

旅途的第四天,我来到哈利法克斯的21号码头。从20世纪二十年代到七十年代,一百多万移民、难民、战争避难者从这里进入加拿大。21号码头,是移民梦的摇篮。我不由得联想到纽约的爱利斯岛,上千万移民从那里登陆美国。岛上的自由女神像是法国在1886年作为独立一百周年的礼物送给美国的,连自由女神像都是移民。

移民,加快了世界转为"地球村"的脚步。

当天夜里,我又一次梦见自己在德克萨斯的荒漠上跋涉,听到电影《德克萨斯州的巴黎》中那如诉如泣的吉他声。

醒来时,透过帐篷的天窗,看到加东如洗的碧空。我知道,德克萨斯,在记忆中并没有消失,我的"德克萨斯故事系列"尚未终结,而移民,仍将是故事的主角。

我突然想起两则旅美中国孕妇流产的新闻:一位是在被突然遣送的路途上,另一位是在移民监狱的单人牢房里。于是我在美国生活时结识的许多张中国女人的面孔出现在眼前,这些面孔交相叠映,慢慢幻化成一位温婉却有些漫不经心的女人:那便是菡。

在后来的两个星期中,《遣送》的故事便在我的头脑中萦绕。加东的青山碧水田园和德克萨斯的荒漠如此不同,构思悲情故事似乎是对美景的辜负,但外界与内心的强烈对比,使我与故事之间产生距离,这种距离注定了这一个故事与以往的不同。

而电影《德克萨斯州的巴黎》的旋律贯穿始终:忧伤的寻觅。

移民警察本杰明和菡,是 Perfect Stranger(完美的陌生人)。种族的隔阂,地位的悬殊,文化的差异赋予人物之间巨大张力,这种张力导致排斥、也酿造神秘。在本杰明眼中,菡不像美国电影里的中国女人那样顺从地忍辱,或卑微地乞求,也不像武打片中的中国女子,飞檐走壁、挥刀舞枪。菡颠覆了本杰明对中国女人的印象,也就拓展了他对中国文化的认识。最要命的是爱情发生了,使两人的位置不停微妙地调换，爱情把自由者变成精神囚徒，于是这对"完美的陌生人"成了"特别的知己"。本杰明是遣送者，同时又是被离弃者，先后被父亲、妻子离弃。没有人可以是一座孤岛。遣送者在遣送他人时也在放逐自己，排斥者在排斥他人时也在伤害自己。菡是被遣送者，在结局时却成为本杰明的精神归依。坚强者流露脆弱，脆弱者显示坚强，人物性格便有了发展。

本杰明和菡都在寻觅。在寻觅爱情之前，是不是首先要寻觅自己？也许我们每一个人都在生活的某一时刻被离弃过，被遣送过，但这个过程是否使我们懂得了守候和安定的价值？也许我们和周围人之间都有沟壑，只不过勇敢者跨越了，怯懦者却深陷其中。

加东旅行结束后，我开始在沉静的精神状态下写《遣送》。从本杰明的视角讲述故事，实现客观叙诉，便避免了女性的自恋，为自身文化无条件辩护的狭隘，以及简单化的控诉主题。我试图在很短的篇幅里融入许多思考：关于爱慕、隔膜、耻辱、悔恨、伤痛、原宥、漂移、守候、孤独、自省……当然更多的，是关于人道与人性。对于一个居住海外的边缘写作者，也许没有比张扬人道、挖掘人性更自然的主题。

在写作过程中，仿佛另一个人在写，而我，不过是一个打字员而已。这样如坠梦境、鬼使神差的感觉，还是第一次体验。

2009年秋天,我乘飞机去美国凤凰城出差。一觉醒来,发现飞机已过了德克萨斯州。就这样,我在无意中飞越了"理想的伤心之地",于是笔下人物得以相聚,得以解脱。

（本文为中篇小说《遣送》创作谈）

当文学亲吻音乐

在多伦多的冬季，城市缺少鲜艳，而时间的步履总是缓慢。我不热衷冬季户外活动，而喜欢到罗伊·汤姆森音乐厅听交响乐，至少那里温暖如春。不会错过激越的贝多芬，柔曼的莫扎特，当然还经常遭遇时而激越、时而柔曼的柴可夫斯基……我不太懂交响乐，也无力深究每部大师之作创作的背景，我享受的是在交响乐中"神游"。我的思绪时而像一位劲健的帆板手，在岁月的大海上乘风破浪，时而又像一位清寂的女子，在桃源与红尘之界临水照花……于是内心的世界不但有声音、画面、色彩，还有悲喜交集的人物，和他们跌宕婉转的情感；而关于人生和命运的感悟就在水底沉淀了下来……

长篇小说《移民岁月》是浮想联翩的产物。

我利用业余时间写作。素材很多，但动笔的时间很少，所以不求多产。希望每写一部作品，能对前一部作品有所超越。我无意记叙自我意识的流动，而要求"自我退隐",讲述"他人的故事"。美国著名影评家罗伯特·麦基说过,"虚构的世界并不是白日梦,而是一个血汗工厂,我们在里面辛勤地劳作,挑拣浩如烟海的素材……"这种"劳作"的第一挑战是"建筑"故事结构。在音乐厅里,我悄悄地告诉自己,故事的"组合"犹如音乐的构思,借鉴交响乐的结构是多么自然的事情啊。有什么能比交响乐的多主题、多视角、复调结构更能展现文学中的情感?而音乐般的节奏还会给阅读带来愉悦。当文学亲吻音乐,就像恋人在夜莺的歌唱中,向彼此无限地靠近……

《移民岁月》延续我一向钟爱的主题:选择与成长,当然尝试在中西文化的背景下表现,也不愿忽略金钱、幸福与爱情这些永恒话题,但我对人与人之间的相互影响关注得更多。他人不该成为地狱,牵手友情才能走向"心灵的伊甸园",而跨越族裔的友情更为可歌可泣。值得一提的是,我有机会接触加拿大精神健康领域的一些工作者和志愿者。他们的真诚和本色,他们给予每一位病患的关怀与尊重,奠定了这个作品的人性基调。

记得在2011年初冬坐游轮度假,与一众欧美乘客一起沿着加勒比海航行。在航程的最后一天,游客们从早上9点就开始歌舞狂欢,提着大桶的啤酒拥到泳池边。有些女人金发凌乱,酒至酣处,居然剥下了上身的比基尼……海天辽阔,她们摇曳的身姿显得渺小。在喧闹声中,我坐在甲板上的一把椅子上,写下这部小说的一个关键章节,且是用汉语……也许这就是曾晓文式的"众人皆醉我独醒"吧。

(本文为长篇小说《移民岁月》创作谈)

文学"慢船"回归安宁

引语

　　我是驾着一艘文学"慢船",在海洋、河流、湖泊里漂流,终于回到了故乡的港口。万里行舟,并不张扬,也不恣意,只是左右划桨,尽了心力。

　　　　　　　　　　——摘自散文《我的文学"慢船"》

　　在华语文坛,曾晓文不是一个响亮的名字,曾晓文的作品不曾炙手可热。在1991至2011的整整20年间,我发表了愈七十万字的文学作品, 也称不上多产。我在2005年重建个人文学作品网站时,把自己的作品分为中国篇、美国篇、加拿大篇,据此也可把创作时期粗略地分为"中国时期"(1991–1994)、"美国时期(1995–2003)"、"加拿大时期(2003–　　)"。

我在"中国时期"的写作，无非是流露一些小资情调。那时从南开大学中文系研究生毕业不久，被分配到国家部委工作。像所有从外地进京的大学生一样，迅速地淹没在人海中。为使精神的头颅跃出水面，获得舒畅的喘息，创作了一些抒情散文。有的篇幅如豆腐块，有的比豆腐块稍大一些，发表作品的报刊倒不俗，如《散文》《青年文学》《人民日报》等。

1994年底，我去了美国，在那里生活了9年。在此期间创作以散文数量居多，也发表了一些短篇小说，但因忙于生存，写作经常中断。我开始关注底层小人物，文风趋向沉重。1996年短篇小说《网人》获中国台湾《中央日报》文学奖，对我是很大的鼓励。当时我既没有工作，又不懂英文，自信心处于幽暗的低谷，便把文学当作逃离精神低谷时所攀援的青藤。

我在美国体验了"戏剧人生"，于2003年移民加拿大，完成了"从漂泊流浪到落地生根"的转变，写作出现持续的迹象。在2004年，短篇小说《旋转的硬币》获第二十六届《联合报》系文学奖，我在获奖感言中说"庆幸自己在经历了许多的挣扎和眼泪之后，终究还有文学，漂泊者最后的怀抱，可以皈依"。2005年，《小说月报·原创版》发表了我的长篇小说《梦断德克萨斯》(又名《白日飘行》)；2009年，短篇小说《苏格兰短裙和三叶草》进入

"2009年中国小说排行榜"，标志着我的文字踏上了回归故国家园的历程。

2010年3月，我出版了长篇小说"美加两部曲"《白日飘行》《夜还年轻》。新书发布会先后在北京西单书店和哈尔滨学府书店举行。门外风雪交加，但许多读者朋友到场，带给我——一个身居海外寂寞的写作者，意外的温暖。《北方文学》主编佟堃在学府书店的发布会上说，"从曾晓文的作品中看到她对黑土地的眷恋之情，看到东北女性的坚毅刚强和大爱大恨，看到新移民复杂、痛苦和不甘沉沦的奋斗。可以说，曾晓文女士是当代海外华文作家的典型代表，她的作品不仅是了解当代海外华人生活的重要窗口，也是了解当代海外华人文学的重要渠道……"溢美之词令我十分惶恐。

2011年，我和加拿大华裔作家孙博合写的二十集电视剧本《中国创造》获第四届中国作家鄂尔多斯文学奖，随后又获第二届华侨华人文学奖；我的散文《海明威的海》获2011年全国散文作家论坛征文大赛一等奖。至此我在不同文学体裁上的尝试获得了初步认可。我的这艘文学"慢船"，似乎在华语文坛留下了一些"水印波痕"。

这水印波痕，也许只是读者心中的一些感动。

一、生活与写作

我知道我回不到旧日家园了。我只能在异国划一方小小的清潭为樊篱，让心中的音乐幻化为青潭中的波纹，不时等待熟悉的惊鸿来作意味深长的一瞥。

——摘自散文《瓦罐里的往事》

写作于我，如一方清潭，让大自然的雨水流入，然后饮清潭之水，在精神上自给自足。

（一）IT人VS写作者

我在南开大学接受了七年的文学专业教育，后来在美国取得电讯和网络管理硕士。我目前在多伦多从事信息系统和网络系统的管理工作。十几年前认识我的人无论如何不能想象，我会以科学技能谋生。我在白日工作时清醒理智，崇尚科学与逻辑，到了晚上写作时多愁善感，陶醉于虚构和情绪。我在办公室里极少提及写作，唯恐一不留神流露出"双重人格"。

IT人曾晓文常以冷眼审视写作者曾晓文，所以如果我笔下的一个作品逻辑清晰，叙述简练而不动声色，那意味着IT人曾晓文占了上风。

(二)专业写作VS业余写作

很多人希望有来生,我只希望一天有48小时。

我朝九晚五上班。在昏昏欲睡的夜晚,或在周末,放弃休闲和娱乐,"挣扎"着写作。另外,我从2004年任加拿大中国笔会副会长,从2009年至今任会长,组织、参与文学活动,打理日常事务,还要用去许多非常宝贵的写作时间。

假如不写作,就没有身心之苦,就可以过"正常"的生活,可同时又质疑所谓的"正常"如何定义。D.H.劳伦斯说过,当作家就意味着你这一生的每个夜晚都有"家庭作业"。也许业余写作,就是我的"正常"生活。

业余写作是"双刃剑",没有足够的时间,苦于不能精雕细琢,但不为生存而写作,动笔自有一份不落框架的自由,不失为精神上的奢侈。

(三)文学圈内VS文学圈外

海外作家用中文写作,不占天时地利人和,因为中文写作的权威文学圈、千千万万的读者都在国内。即使在国内,作家的桂冠已失去在20世纪八十年代的耀眼光环,留下一些余光,而余光折射到重洋之外,就几乎等于虚无。没有作家的身份感,也就没有作家的倨傲,并能以平常心面对世界,看待自己。

我的创作似乎慢慢地进入了中国文学评论界的视

野。"进入视野"一词模棱两可。评论家的视野可以很广博，完全忽略一个远在加拿大的作者；也可以很专注，只聚焦在国内熟悉的名家身上。

文学的圈外与圈内，是不是写作者的另一座"围城"？

二、讲述故事

生活随时荷枪实弹，而命运猝不及防地扣动扳机。我们不知道子弹会从哪个方向射过来，只听到自己的心倒地的声音。

——摘自长篇小说《夜还年轻》

在早期的文学创作中，我的写作多以"经验"即亲身经历和释放内心的情感为主。随着阅历的积累、个人心智的成长成熟，我的视野变得宽广，心态也愈发淡定，转向了"体验"即感悟生命，力图更客观地表现生活和人性，从而完成了从"倾诉"到"讲述"的转变过程。

可以粗略地把我笔下的故事分为以下几类：

第一类：Comeback stories（重整旗鼓的故事）。叙述主人公跌入人生低谷后，怎样从逆境中爬起来，重新走上生活正轨。这种类型被好莱坞钟爱，也是我的偏爱，如长篇小说《白日飘行》。书中泼墨最多的正是"人生戏剧淋漓尽致的演出",人物被命运的子弹射中后,捂着伤口爬起来重新上路,永不言弃。

在海外创作"重整旗鼓的故事"的作家常被打上"海外伤痕文学"的标签。他们的作品虽在艺术上未臻成熟,但见证移民个人成长的历史,更见证了一代漂流族群的爱与忧伤。吴华博士在论述《白日飘行》时说过,曾晓文"是漂流族群中的一员,和三千五百万侨居世界各地的华裔族群成员一样,也在不停地寻觅求索。她又是这三千五百万人中较为特殊的一员,因为她是'中国文学游牧民族的一员',她的使命是记录和讴歌华裔族群的梦和他们对梦的寻觅,她是族群之梦的守护者,也是一个永远的寻梦者。"

第二类:底层小人物的故事。短篇小说《旋转的硬币》《苏格兰短裙与三叶草》《卡萨布兰卡百合》,中篇小说《遣送》是这类故事的典型。底层小人物的凄惨、孤独并不是故事的重心,而小人物之间的相互怜惜,才是生活灰烬中的点点火星,反射爱、善良和人性的光辉。

第三类:书写海外华人创业进取的故事。在过去的北美华文文学作品中,表现华人在海外悲惨遭遇的占大多数,华人难以逃避被排斥、被歧视的命运,但现实在改变,海外华人逐渐"走出唐人街",无论选择在海外继续发展,还是归国创业,都展现出健康、自信、进取的新风貌。电视剧本《中国创造》正展示了这种新风貌。

第四类:表现中西文化碰撞与交融的故事。《夜还年轻》和《苏格兰短裙和三叶草》等以异国婚恋为主线,突出中西文化的融合,而不再强调水火不容的冲突。当世界逐渐变成"地球村",不同文化之间的融合变得前所未有的重要。

陈公仲教授曾评论道:"曾晓文可说是位学者型的作家,然而,她的创作并不需要做大量的书斋里的案头工作,她的传奇般的人生经历,就是取之不尽用之不竭的创作源泉。她那两部自传体的长篇小说《梦断德克萨斯》(后改名为《白日飘行》)《夜还年轻》,写尽了她在美国九年、加拿大五年的作为寄居者所经历的漂泊、囚禁、创业、守望、生根以及种种的情感生活,也表现了她执着地张扬人性、自强不息的文学追求。近年来,她的创作似乎有了些新的变化发展。在她的近作《苏格兰短裙和三叶草》里,虽然仍保有一些个人生活的踪迹,但更多的是虚构的成分,想象的空间。作品结构的严谨,悬念的迭起,心理活动的起伏灵动,语言文字的精细雅致,以及作品深层的理念思考,却更能显示出学者型作家的语言文字功力和思想的深度。"

三、表现人类精神状态

我试图在很短的篇幅里融入许多思考：关于爱慕、隔膜、耻辱、悔恨、伤痛、原宥、漂移、守候、孤独、自省……当然更多的，是关于人道与人性。

——摘自小说《被遣送和被离弃的》

王列耀教授和李培培撰文指出："曾晓文是加拿大新移民文学'多伦多作家群'中的一个代表作家，她执着于'张扬人道，挖掘人性'的创作信念，以丰盈质感的文学叙事和优美灵性的文笔，创作了很多彰显人性和深度情感的小说"。

从表面上看，我写的是一个个爱情故事，但故事的重心常定位于人类的精神状态。我陶醉于表现人物性格之间的张力，同时不愿忽视在作品中灌注灵魂。我关注各个族裔的人物。这些人物的背景和经历不同，但他们的原始渴望和人性本质十分相似，并酝酿成很多作品中灼热的"地下熔岩"。

（一）渴望"链接"

在网络时代，"链接"是人类的新举措，人们千方百计、乐而不疲"链接"，但网络的"链接"能带代表心灵的

"链接"吗？在小说《网人》《卡萨布兰卡百合》《苏格兰短裙和三叶草》中，小人物的心彼此"伸出手指"渴望触摸对方，但常常失之交臂，而在渴望中人物关系发生微妙的变化。

（二）渴望皈依

没有人可以是一座孤岛。在爱情、信仰、文化等等方面渴望皈依，是人类精神的永恒波澜。

以中篇小说《遣送》为例，小说中移民警察本杰明和菡，是Perfect Stranger（完美的陌生人）。种族的隔阂（白人与有色人种），地位的悬殊（警察与囚犯），文化的差异（西方与东方）赋予人物之间巨大张力，这种张力导致排斥、也酿造神秘。爱情使两人的位置不停微妙地调换。本杰明是遣送者，同时又是被离弃者，先后被父亲、妻子离弃。遣送者在遣送他人时也在放逐自己，排斥者在排斥他人时也在伤害自己。菡是被遣送者，在结尾时却成为本杰明的精神皈依，由此人物的精神世界得到了展现和升华。

（三）渴望平等

在短篇小说《慈善夜》中，平等似乎是永无出路的幻想。出身高贵的苏格兰后裔艾伦歧视意大利黑手党后代"教父"，而"教父"歧视女强人伊丽莎白和中国新移民"我"莎拉，成功显赫的伊丽莎白歧视流浪汉"养鼠人"

……总之每个人物都因出身、性别、经济状况、社会地位的差异等等歧视他人。在小说结尾被刺杀的不是傲慢、粗俗的"教父"，而是人间的隔膜和歧视。

四、尝试创新

没有哪一位作家是凌空出世的。海外作家同样受地域的、文化的、经历的种种局限，但都在尝试着一步步冲破自身局限，探索多种题材，尤其是中西文化对比的题材，努力挖掘人性深度。而突破自身局限，对写作者来说是多么艰难啊。

——摘自散文《假如不在海外写作》

近几年来我尝试创新，但选择独具慧眼的主题和独具匠心的故事形态，从来都是巨大的挑战。

（一）题材

我试图拓展题材，脱离现实的束缚，赋予作品寓言意义。在《慈善夜》中，每个人物似乎代表他她身后的一个群体，而人物之间的冲突便具备了寓言性质。短篇小说《人间的黑品诺》讲述一个误入天堂的自杀者，获得一个重返人间三天三夜的机会，由此引出他对人生的体悟和对生活的热爱。中篇小说《脱轨》的灵感来自一桩真实的案件,可根据几百字的新闻写出一个风尘女十几年的心灵轨迹十分困难。我最终放弃作者俯视众生的优越感,坦白了自己对女主人公的困惑。

(二)主题

当人物被孜孜以求的价值观——成功、财富、名誉、性、权力毁灭时,几乎唯一的出路是放弃追逐,回归安宁、平衡的生活。这与另一重要主题即寻找自我和精神成长密不可分,虽然它们常在对爱情的追逐中被体现出来;我还试图摆脱东方人传统的受难心理,着重中西文化的共性与交融。《夜还年轻》是典型例子。

(三)视角

在中篇小说《遣送》中我放弃了全知全能的视角,而采用移民官本杰明的第三人称限知视角。我把新移民人物放置在全新视角的审视下,给题材内容灌注新鲜感,超越了为自身文化无条件辩护的狭隘,以及简单化的控诉主题,使离散文学对身份建构的思考变得复杂。

王列耀教授和温明明指出,在我的创作中展现出新移民小说艺术上的新追求与美学风格的新趋向,"还隐含着三个越'界'的尝试:对以辛酸、漂流为主调的写作模式的跨越;对小说叙事中,作者、叙事者与'我''同一性'模式的'舒缓'以及对小说中'我'的性格'单纯性'的挑战。"

（三）语言

在文字方面力图摆脱平淡、枯燥。因生活于非汉语环境下，实现语言方面的突破十分艰难。

评论家白烨说"我颇为欣赏曾晓文的，还有她的内涵丰盈的叙事与慧心灵性的文笔。中文专业出身的曾晓文的学养之深厚，是显而易见的。这从她的文字的凝练与精准中可以感受得到，从她行文中的诸多引述与自创诗句中也可以感受得到。但更见浑厚也更有特点的，是她的语言蕴含了人生诸多独特感受，沁人心脾与鞭辟入里之中，每每带有箴言性与格言性。"

（四）体裁

我一直尝试不同体裁。我坚持散文创作，因为散文能承载直接的情感宣泄，让人获得酣畅淋漓的释放，而写旅游散文是一种休息。另外，我还在2005至2008年间为加拿大《星岛日报》撰写专栏随笔。

6年前我与孙博合写了20集电视连续剧《中国创造》，后在几年中被束之高阁，原因之一是题材超前。2010年这个剧本在《中国作家》发表后，立即被一家影视公司购买，目前已被扩展为28集。"超前一年是勇士，超前两年是烈士。"庆幸的是没当"烈士"。对比小说，电视剧创作是在"喧嚣"中的集体行为，而我更享受在"寂寥"中写作的个人行为，因此是否继续电视剧创作，还是一个有待思考的问题。

结束语

我已无法想象不在海外写作的日子。写作是沉迷，也是救赎，而在这沉迷与救赎之中生命变得前所未有地丰盈与安宁……

——摘自散文《假如不在海外写作》

岁月迢递，人生历练，我血液中的文学元素并没有被稀释，反倒稠浓起来。写作对于我，已不再是倾诉手段，而是生存姿态。

我抵达的河岸也许不是梦想的河岸，可梦想中的文学世界何曾清晰过？我虽不是名家，但我的笔还有许多可能性，我的作品仍值得期待。当然，把文字的"可能"变成作品的"现实"，航路依然十分漫长。

我的这艘文学"慢船"，载着创造的淡淡喜悦，引我回归故国，又驶向精神安宁的港湾。

河岸上是否有喝彩的声音，还是留给他人去评说。

（本文为2011年在"共享文学时空"世界华文文学研讨会上的发言，有删节）

背着灵魂回家了

尊敬的各位领导、敬爱的各位老师,亲爱的各位文友和同学,下午好!

我想引用一句老歌的歌词,来做开场白:"孤独站在这舞台……心中有无限感慨"。我很荣幸在此代表全球华文散文征文大赛所有的获奖作家讲话。首先,我要感谢首届世界华文文学大会的主办单位国务院侨办,承办单位暨南大学和中国世界华文文学会,感谢散文大赛的组委会,你们搭建了一座世界上最长的心灵桥梁,提供公正平等的机会,引领七大洲四大洋的华人向祖籍国和人民呈献自己的作品,以语言寻根,以文学铸魂!

我要祝贺所有获奖的和作品入选散文集《相遇文化原乡》的作家们。我们在异国的寒冬,用真情的文字点燃的星星之火,在今天,汇聚成了辉煌的火焰,从此,我们更有勇气担当传播光明和温暖的文学责任。我们从中华文化中汲取力量,同时又在异国文化中扩展视野,在行走中回归,在回归中升华。让我们一起继续潜心写作,努力创造出经典作品。

从我个人的角度,我想借此机会感谢我的先生弗兰克,感谢你给予我的灵感、支持和爱。最后,我要把这个奖献给我的父亲,我的文学启蒙者、最忠实的读者。父亲,我相信此刻您正在天国里微笑着注视着我,我终于在文字的河流里涉水万里,背着您的灵魂回家了!

谢谢!

2014年11月20日

(此文为首届全球华文散文大赛颁奖礼上的发言)